- 강편

P.S 진출하자! 올해는 너프다!
자이언즈 파이팅!

제 대본집보다 답장 메세지가 먼저 나왔네요?
이게 다 여러분 덕분입니다. ♡

- 김 작가 -

큰정PD

P.S. 상대보다 한점만 더 내자, 제발.♥

야구장썸 작정PD.

P.S : 저도 일이 이렇게 커질 줄 몰랐어요....
그래도 ... 행복하시죠?

야구

그깟 공놀이에
일희일비하는
야구팬을 위한

BASEBALL

잡썰

강해인
김형민
정현재
정현호

RHK
알에이치코리아

강해인

김형민

정현재

정현호

〈봄날은 간다〉
"어떻게 사랑이 변하니"

누군가의 가을 야구가 진행되고 있는 오늘, 귀로는 중계를 들으며 휘갈겨 놓은 글자를 타이핑하고 있다. 이전에 썼던 원고를 퇴고하며 정말 현실이 될지도 모르는 책을 준비하는 중이다 (그래, 자이언츠는 날 위해 가을 야구를 포기했던 거야). 한 문장, 한 문단씩 완성이 되고 있지만, 아직도 실감이 나지 않는다. 과연 이걸 읽을 분들이 있을지, 그분들이 이 글을 왜 읽어야 하는지 같은 의문이 계속 따라온다. 나처럼 이 책의 페이지를 채우고 있을 다른 〈야구잡썰〉 멤버들은 글을 쓰면서 '너희들이 뭔데!?'라는 생각을 한 번도 하지 않으셨으려나.

영화 관련 글을 매체에 계속 써 왔지만, 야구를 경유해 내이야기를 쓰는 건 낯선 일이다. 사실, 롯데 자이언츠의 우승보다 내가 참여한 책을 먼저 보게 된다는 게 더 신기하다. 이렇게 1992년과 먼 훗날 (반드시 있을) 우리의 우승 사이에 또 다른 이정표 하나가 세워진 셈이다. 그래도 롯데 덕분에 이런 기회도 얻는 걸 보니, 역시 롯데 팬 하길 잘한 거 맞겠지…?

돌아보면 인생의 변곡점은 늘 예고 없이 찾아왔던 것 같다. 삶을 시네마틱하게 바꿔놓을 순간은 소리 없이 다가오거나, 전혀 기대하지 않았던 얼굴로 나를 찾아왔다. 놓쳐버리고 시간이 많이 지나서야 의미를 깨닫게 되거나, 그때 '그 선택'을 했다면 다른 삶이 펼쳐졌을 것 같은 순간 하나쯤은 누구나 가지고 있을 거다(그때 비트코인을 알았더라면…). 지금 나의 월요일을 완전히 바꿔놓은 〈야구잡썰〉도 그랬다. 친구 얼굴을 보고 술도 마실 겸, 방송국 구경할 겸 가볍게 KBS로 향했던 '그날'이 언젠가부터 일주일의 시작이 되었다. 월요일이 변했으니 한 주 전체의 변화는 필연적이었다. 그렇게 한 달이, 1년이, 내 삶이 도미노처럼 변했다. 거슬러 올라가면 이 모든 것의 시작에는 '롯데 자이언

츠'가 있었다. 그래서 거기서부터 나의 이야기를 시작해 보려
한다.

1999년의 나는 운동을 좋아했고, 프로 스포츠의 매력에 푹
빠져 살았다. 그럴 수밖에 없던 게, 그 시절 부산은 스포츠를 좋
아하던 이들에게 환상적인 도시였다. 프로 축구팀 '대우 로얄즈'
에는 긴 머리 휘날리며 골을 넣는 '테리우스' 안정환이 있었고,
프로 농구팀 '기아 엔터프라이즈'엔 영리한 패스를 뿌리며 경기
를 지휘하던 '코트의 마법사' 강동희가 있었다. 그리고 '롯데 자
이언츠'가 있었다.

박정태-호세-마해영으로 이어지는 클린업 트리오*의 화력
은 두려울 게 없었고, 문동환과 주형광이 이룬 선발진 원투 펀
치가 나가는 날은 질 것 같지 않았다. 이 화려한 시절에도 우리
불펜은 불안했지만, 자이언츠는 한국 시리즈(그래, 우리의 마지막
한국 시리즈)에 진출했다. 나는 야구가 있어, 자이언츠가 있어 하
루하루가 즐거운 부산의 어린이였다.

---

*   보통 팀의 3, 4, 5번 타자를 묶어 부르는 말로, 중심 타선을 의미한다.

그 시절 우리 집에 있던 나무 대문은 동네에 친구가 많이 없던 나에게 단짝 친구 같은 녀석이었다. 집에 돌아오면 그를 향해 다양한 공을 던지며 시간을 보냈다. 상단의 돌벽은 농구 골대였고, 나무 대문은 축구 골대였으며, 두 개의 문 사이에 있던 사각형 무늬는 스트라이크 존이었다. 공을 가지고 놀 때면, 자라서 부산 팀 소속으로 공을 던지는 운동선수가 되는 꿈을 꿨다. 봄부터 가을까지는 사직 야구장 마운드에 오르는 투수, 겨울에는 사직 실내체육관에서 패스를 뿌리는 포인트 가드가 되고 싶었다.

아직 빅 리그에서 두 종목을 겸업한 프로 선수는 못 본 것 같다. 오타니 쇼헤이도 못 이룬 그 꿈을 이룰 수 있었다면, 이 글 대신에 자서전을 쓰고 있었으려나. IMF의 파도가 우리 집을 비껴가고, 내가 건강히 자랐다면 큰정PD님께 욕을 먹는 선수까지는 될 수 있었을지도. 자이언츠를 우승시키는 핵심 선수로 성장했어야 하는데, 우리의 무관은 다 내 잘못이다.

돌이켜보면 신은 내게 강렬한 시그널을 보내고 있었다. 앞에서 소개한 부산의 프로 세 팀 모두 1999년에 우승의 문턱까지 갔지만, 전부 우승에 실패했다. 야구로 한정하면, 롯데 자이언츠는 정규리그 마지막까지 1위 경쟁을 이어가다 미끄러졌고, 가을 야구에서도 한국 시리즈까지가 한계였다. 그때는 몰랐다, 자이언츠의 그 시즌이 그렇게 대단한 것인지. 프로야구 원년 팀으로서 아직도 정규리그 우승이 없고, 1999년이 우리의 마지막 한국 시리즈였다는 걸 생각하면, 어린 나는 엄청난 걸 목격한 거다. 30년 가까이 자이언츠의 야구를 본 내게 1999년은 여전히 최고의 시즌으로 남아 있다.

지금도 누군가 내 '인생 경기'를 묻는다면 망설임 없이 그해 삼성과의 플레이오프 7차전을 말할 거다. 롯데 팬에겐 '경기는 삼성 쪽으로 기울고…'라는 말로 함축할 수 있는 경기이자, 내겐 각본 없는 드라마라는 게 무엇인지 알려준 그 경기. 관중석에서 날아온 오물을 맞고 답례로 배트를 던지다 경기장을 나갔던 호세, "오늘은 무조건 이겨야 한다"라는 극적인 말을 던지며 선수단을 뭉치게 했던 박정태, 중단된 경기가 시작되자마자 동점 홈런을 치고 포효했던 마해영, 최고의 마무리 임창용을 상대로 9회 대타로 나서 동점 홈런을 쳤던 임수혁, 역전 후 삼진 세 개로 경기를 끝냈던 주형광의 모습은 쉽게 지워지지 않는다.

내겐 그 경기가 1999년 마지막 경기로 기억될 정도로 강렬했다(놀라울 정도로 그해 한국 시리즈에 관한 기억이 조금도 없다는 건 재미있다).《슬램덩크》의 산왕전 같은 경기랄까.

그해 겪은 트리플 준우승은 내가 선택한 팀들의 미래가 험난할 거란 경고였지만, 난 그걸 무시하고 말았다(준우승도 잘한 거야!). 그 덕분에 지금도 열렬한 자이언츠 팬으로 살면서 그때 내린 선택에 책임을 지고 있다. 사랑할수록 아프고 비참해질 수 있다는 걸 야구를 통해 나날이 배우고 있다(젠장).

야구를 좋아한다고 하면, 뒤따라 오는 공식 질문이 있다. "어떤 팀 좋아하세요?" 이때 '롯데 자이언츠'라는 답변이 나오면 대화의 분위기가 오묘해진다. 질문자와 답변자 모두가 숙연해지는데, 답변자의 기분이 좋고 그날 컨디션까지 좋음에도 "힘내세요!"라는 응원의 말을 들을 가능성이 있다. 이 대화가 봄에 이뤄진다면 "요즘, 롯데 왜 그렇게 잘해요?"라는 변칙적인 질문이 이어지기도 한다. 가을엔 어떤 질문이 이어지냐고? 쌀쌀한 날엔 야구 이야기를 하지 않는 게 어떨까.

"올해는 다르다!" 새 시즌이 시작하기 직전에 주문처럼 외우는 말이다. 사실, 생각해 보면 늘 달랐다. 롯데는 매년 새로운 방법으로 팬들을 힘들게 했고, 기상천외한 방법으로 실망을 안겼다. 자주 이름이 바뀌는 감독들의 개성 있는 운영은 기본이며, 세부적으로 보면 '볼보이에게 공 토스하기', '끝내기 낫아웃', '23 대 0' 등등 전대미문의 사건이 참 많았다. 자이언츠의 팬으로 장수하려면 투수의 구속보다 본인의 혈압을 더 잘 체크할 수 있어야 한다.

정리하자면 내가 여태 목격한 이 팀은 승리를 향한 열정이 있는 매력적인 팀이지만, 동시에 한 번 실수하면 끝없이 추락하는 환장할 팀이었다. 이건 단순히 못한다는 뜻이 아니다. 그런 영역은 진작에 넘어섰다. 끊임없이 새롭게 시즌을 망치는 방법을 찾는다는 점에서 롯데 자이언츠는 프로 스포츠계의 이단아, 마에스트로다.

부산에서 태어나 자연스럽게 응원하게 된 팀. 사실 자발적으로 이 팀을 선택했는지는 기억나지 않는다. 지금은 아버지 혹은 부산이 물려주었다고 생각한다. 일찍 세상을 떠나신 아버지는 많은 빚을 남기셨는데, 그중 가장 큰 빚은 아마도 롯데 자이언츠 아닐까(농담입니다, 아버지. 자이언츠가 우승하면 다 자산이 될 행복한 빚이니까요). 부득이하게 부산을 떠나게 되면서 이 팀을 향한 애정도 줄어들 거라 생각한 적이 있다. 그러나 부산에서 더 멀어질수록 그 시절의 고향과 내가 응원했던 자이언츠를 향한 기억은 더 선명해졌다. 외국에 나갔을 때 갖게 되는 애국심과 비슷한 걸까. 세월이 흘러도 내 고향 부산에서 이 팀을 응원했던 어린 날의 내 모습과 그 시절 함께 웃고 화냈던 누군가와의 시간은 기억에서 쉽게 지워지지 않았고, 앞으로도 그럴 거다. 혹시라도 그 추억이 증발하려 한다면, 영화 〈이터널 선샤인〉의 주인공처럼 이런 말을 하겠지. "제발, 그 기억만은 남겨주세요."

어쩌다 마주치는 동향 사람들과 더 돈독해질 수 있는 매개체도 이 팀이었다. 낯선 자리에서 고향 사람을 만나면 그렇게 반가울 수 없다. 그런데 그분이 야구를 좋아하고 하필 자이언츠의 팬이라면, 내향적인 나도 말을 건네며 쉽게 공감대를 형성하게 되었다. '당신도 고통받고 있었군요! (하.하.하)' 〈야구잡썰〉을 보는 자이언츠의 팬분들도 그런 마음에 반갑지 않았을까. 다른 분들처럼 시원하게 화를 내지는 못해도 같은 자이언츠 때문에 고통받는 사람이 있다는 사실이 작은 위로가 되지 않았을까. 언제쯤 우리는 위로 말고, 강팀의 자부심과 우승의 기쁨을 공유할 수 있을까? 잘하자, 롯데 자이언츠! 올해는 제발 다르자.

 강편's Movie Talk

지독한 암흑기가 길어지고 자이언츠에 대한 애정이 없어지려 할 때면, 영화 〈봄날은 간다〉의 명대사가 들리는 것만 같다. "어떻게 사랑이 변하니." 변하지 않았고 앞으로도 변할 생각이 없는 난 그들에게 이렇게 말하고 싶다. "어떻게 너네는 안 변하니!"

Ep 02

〈나는 내일, 어제의 너와 만난다〉
"내일, 또 보자"

올해로 롯데 자이언츠 팬 27년 차. 경험론적으로든 통계론적으로든 이 팀에 익숙해지는 것들이 있다. 한 경기의 흐름과 한 시즌의 패턴 같은 것이라고나 할까. 혹은 수천 경기를 복기한 사람에게 생기는 직감일 수도 있다. 얼마나 봤길래 이런 말을 할 수 있는데? 나도 궁금해졌다. 살면서 보거나 들었고, 관심을 가졌던 롯데 자이언츠의 경기가 얼마나 되는지. 1998년부터 야구에 관심을 가졌으니 그 이후 이 팀의 성적을 조사해 봤다(두근두근). 그리고 여러 의미로 정말 놀라운 데이터를 얻을 수 있었다.

롯데 자이언츠는 1998년부터 2023년까지 정규리그 총 3,511경기에서 '1,597승 79무 1,835패'라는 기록을 보유하고 있다.

(내 야구 인생 한정) 통산 승률은 45.4%. 승리할 확률보다 패배할 확률이 더 높은 팀이었다는 건 놀랍지 않았다. 다만, 그토록 많은 경기를 보고 화를 내며 지금까지도 견디고 있는 나 자신이 놀라웠고, 나와 같이 여전히 자이언츠를 붙잡고 있는 팬들에게 박수를 보내고 싶어졌다. 롯린이 초창기와 수험생이었던 시절 및 군 복무 기간을 제외하더라도 나는 2,000회 이상의 경기에 관심을 가졌고, 그중 1,000번 이상의 패배를 접했을 거다. 이 정도 오랜 시간 동안 꾸준히 목격해 온 게 있다면 이를 패턴이라고 해도 괜찮지 않을까? 녹화 때 이야기한 적이 있듯 자이언츠 팬들은 웬만한 감독보다 롯데 자이언츠 경기를 많이 봤고, 그들의 선배이자 패장들이 했던 실패와 실수도 선명하게 기억하고 있다. '어, 저거 예전에 그 감독이 했던 건데?' 웃기자고 한 소리였지만, 농담만은 아니다.

경기의 흐름이 넘어가 버리는 찰나의 순간과 시즌 중 팀의 상승세가 꺾이는 결정적인 시점을 이제는 나도 모르게 감지하고 있다. 예상했겠지만, 당연히 좋은 건 별로 없다. 사실 30년에 가까운 긴 시간도 필요 없다. 자이언츠와 5년 정도만 함께해도 팀 전체가 마치 귀신에 홀린 것 같은 장면을 숱하게 보게 된다. 경기에서 이기고 있더라도 그런 순간을 목격하면 식은땀이 흐르고, 이건 시즌 전체의 향방에도 반드시 영향을 끼친다 싶어진다. 이 불안한 예감은 거의 틀리지 않고, 그게 더 무섭다. 롯데 자이언츠의 2023년 시즌 키워드는 '기세'였는데, 우리에겐 기세만으로는 막을 수 없는 유구한 역사가 있다. 난 이걸 '패배의 DNA'라고 부른다. 후술한 것들에는 기억과 편견이 잔뜩 더해졌으니 가볍게 재미로만 보시길.

어릴 적부터 지켜본 롯데는 방망이의 팀이었다. 내가 본 적 없는 롯데의 우승을 전설적인 투수들이 만들었다는 걸 알고 있지만, 내 기억 속 자이언츠는 화끈한 공격력을 무기로 내세웠다. 그 힘으로 경기의 주도권을 가져오고, 팬들을 열광하게 했다. 박정태, 호세, 마해영, 이대호, 강민호, 가르시아, 전준우 등 장타력이 있는 타자들이 타선을 지휘했고, 여기에 탄탄한 선발진을 갖

쳤던 해엔 더 경쟁력 있는 시즌을 보냈다.

달리 말하자면, 탄탄한 수비 그리고 안정감 있는 불펜과는 거리가 있는 팀이었다. 수비의 핵이라고 여겨지는 유격수만 봐도 역대 롯데 자이언츠 3대 유격수는 (내 기준으로) 김민재, 박기혁, 마차도다. 마차도에서 동의하지 못할 분들이 많겠지만, 한국에서 단 2년 뛴 유격수가 내게 각인될 정도로 이 팀은 전통적으로 수비가 약했다. 마차도, 잘 지내니?

불펜진이 탄탄했던 시즌도 손에 꼽는다. 좋은 기량으로 오래 뛴 불펜 선수가 드물고, 원년 팀이지만 2023년에야 자이언츠 통산 100홀드, 100세이브를 기록한 선수가 나왔다. 사직에 어떤 기운이라도 있는 것인지, 롯데 자이언츠에서 마무리를 맡으면 불*이나 작가**를 호號로 사용하는 선수가 되어 팬들의 마음을 심란하게 했다. 양승호 감독이 지휘하던 시즌을 제외하면 불펜진 전체가 돋보였던 게 언제인지 기억나지 않는다.

이런 팀의 특징은 외국인 선수 구성에서도 볼 수 있다. 내

---

*　마운드에 불을 지른다는 의미로, 대량 실점을 하거나 폭투가 이어지는 상황을 의미한다.

**　마무리 투수로 등판했으나 경기를 마무리 짓지 못하고, 주자를 출루시키며 역전패의 시나리오를 쓴다는 의미.

가 롯데에서 처음 본 외국인 선수는 '길포일'이라는 불펜 투수였고, 그는 부진한 성적 탓에 몇 경기 뛰지도 못하고 한국을 떠나야만 했다. 심지어 2009년엔 마무리 투수 자리를 '애킨스'라는 외국인에게 맡기기도 했다. 당연히 그의 성적도 좋지 않았고, 현호와 사직으로 직관을 갔던 날에 역전 홈런을 맞는 등 내게 상처도 많이 안겼다. 내 마음에도 불을 질렀던 애킨스형, 잘 지내시나요?

　3점 주면, 4점 내고 이기는 팀. 내게 자이언츠는 그런 팀이다. 이런 기조가 유지되다 보니 경기를 내어주는 양상이 늘 비슷했다. 경기 중반 힘이 떨어진 선발 투수가 불펜 투수에게 공을 넘겨주면 맥없이 동점을 허용하며 흐름을 내어준다. 이 과정에서 긴장한 투수의 폭투와, 후반에 접어들며 체력과 집중력이 떨어진 수비진의 에러를 꽤 높은 확률로 볼 수 있다. 대개는 수비가 좋으면 폭투가, 투수가 잘하면 에러가 나온다(운이 좋으면 둘 다 볼 수도 있다). 이 에러가 아주 요란하고, 때로는 한 번도 본 적 없는 플레이라는 점에서 더 매력(?)적이다.
　사실 불펜 투수진이 늘 나쁜 건 아니었다. 다만 감독이 믿는 선수가 한정적이라는 것, 그런 선수들이 팀 승률 5할이 왔다 갔다 하는 상황 속에 이기든 지든 많은 경기에 등판하다 퍼지는 게 문제였다. 역사적으로 이기는 시즌을 많이 경험하지 못한 탓에 이런 악순환이 계속된다는 건 더 큰 문제다.

더 재밌는 건 경기 후반 상대에게 끌려갈 때의 패턴이다. 점수를 내어주면 심리적 안정감이 생기는지 자이언츠 타자들은 경기 후반 야금야금 점수를 따라간다. 특히, 9회엔 동점 주자까지 출루에 성공하는 걸 자주 볼 수 있다. 그러나 딱 거기까지다. 거기서 경기를 절대로 뒤집지 않는다. 지겨운 작전 실패, 안일한 주루사 등 흐름을 내어주는 각종 기이한 행위와 기본기 없는 플레이로 흐름을 가져오는 데 끝내 실패한다. 따라는 가지만 역전하지 않는 희망 고문형 페이스 메이커. 과거에 자이언츠는 새로운 구단 창단에 반대했었고, 그 이유 중 하나가 '상하위권 구단 간 전력 불균형'이었다고 한다. 놀라운 선견지명이다. 구단이 늘어나면서 우리가 하위권에 늘 상주하고 있으니 말이다. 그때부터 구단 관계자들은 우리의 미래를 알고 있었던 걸까.

한 경기뿐만이 아니라 전체 시즌에도 뚜렷한 경향성이 있다. 우선, 자이언츠는 타 팀보다 시즌이 일찍 끝나 스토브리그를 맞이한다. 이 리그에선 자이언츠가 왕이다. 새 단장과 감독을 선임하고, 대형 FA도 자주 영입한다. 그때만큼은 '롯데 우승!'을 외치지만, 시즌이 시작하면 깨닫는다. 영입한 선수들의 포지션 중복 등의 이유로 생각보다 전력 상승의 효과를 많이 가져오지 못했다는 걸. 그래도 시범 경기까지는 왕좌를 지킨다. 자이언츠는 2023년까지 통산 시범 경기에서 11회(최다) 우승한 강팀이다. 개막 후에도 이 분위기를 이어 좋은 성적을 기록하고, 봄엔 롯데의 상승세를 조명하는 미디어의 기사가 쏟아진다. 생각해보니 시즌 초반에 롯데를 많이 만나는 팀은 시즌 후반에 롯데를 많이 만나는 팀보다 불리한 것 같다. 이건 형평성에 어긋나는 거 아닌가? 그러니까 야구는 봄에만 하자.

여름엔 본격적인 하락의 조짐이 보이기 시작한다. 얇은 뎁스가 주전 과부하로 이어지고, 이게 수비의 불안으로 이어져 좋지 않은 분위기를 자주 만든다. 한 시즌을 우수하게 운영하고 경험한 선수와 코치진이 적어 더 급격히 흔들리는 경향을 보인다. 물론 때로는 연승도 한다. 하지만 방심하지 말자. 자이언츠는 연승한 만큼 꼭 연패를 해내고야 마는 팀이다. 그렇게 5강 밖으로 밀려나면 다시는 그 안에 들어가지 못한다. 가을바람이 약하게 불 때 갑작스러운 연승과 함께 '5위와 1~2게임 차'까지 좁히며 '가을 야구'란 단어를 소환하지만, 그런 상승세에 뒤이은 익숙한 연패로 제자리걸음을 한다. 이 시점에 이르면 롯데 담당 기자들은 경우의 수를 논하며 기적의 수학자가 된다. 그런데 이제는 우리도 안다. '가네, 마네' 하면 결국 못 간다는 걸.

하나의 법칙으로 인정받은 것들 외에 이 정도로 긴 시간 동안 일관성을 보인 현상들이 있었나 싶다. 실패는 문제가 아니지만, 같은 방법으로 실패하는 건 문제다. 자이언츠 팬들은 내일도 어제와 같은 경기를(혹은 올해도 작년 같은 시즌을) 볼 것만 같은 불안감을 안고 산다. 무수히 많은 어제가 반복되는 걸 보면 '닥터 스트레인지'와 '타임 스톤'이 사직구장 어딘가에 있을 것만 같다. 언젠가부터 우리 선수들과 팬이 타 팀이 아닌, 이 시간들과 싸우는 것 같아 애잔하다. 그들이 만든 게 아님에도 이 역사에 종속되어 가는 것만 같다. 그럼에도 우리는 시즌이 시작하는 날이면 이 팀에게 기대한다. 나날이 쌓여가는 흑역사지만, 이 시간을 극복할 기적의 드라마를 아직도 꿈꾼다. 세상에 영원한 건 없고, 승부엔 영원한 패자도 없다. 자이언츠는 앞으로 훨씬 더 잘할 거다.

 강편's Movie Talk

통계적으로만 보면 우린 정규리그 우승이 불가능한 팀이고, 우승할 확률이 무척 낮은 팀이다. 하지만 스포츠엔 그 확률을 무시하는 드라마가 있고, 거기에 우리는 울고 웃는다. 난 자이언츠 경기에서 그런 기적 같은 순간을 목격할 때마다 미친 듯 소리 지르고 이 팀을 더 사랑하게 된다. 그리고 경기가 끝나는 그 순간 영화 〈나는 내일, 어제의 너와 만난다〉의 그 대사를 외친다. "자이언츠! 내일, 또 보자"

〈날 미치게 하는 남자〉
"그게 어때서? 그래도 여기 있잖아"

'그래서 잘난 너는 롯데 자이언츠의 야구를 왜 보는데? 이 팀을 진짜 좋아하기는 해?' 여기까지 읽은 분이라면 던질 법한 질문이다(아니면 이미 나의 챕터를 넘겨버렸거나). 오랜 시간 자이언츠의 야구를 보고 화를 내는 스스로를 보며 진지하게 이걸 왜 보는 건지 고민한 적이 최소 한 번 이상은 있다. 나처럼 야구를 통해 '스트레스만 받고 있는 게 아닐까?' 하고 고민했던 분들도 분명 있을 거다. 그럴 땐 시즌이 끝나고 맛보는 감정이 무엇인지 떠올려 보자. 내 경우엔 시즌 마지막 경기가 끝나면 거대한 공허함을 느끼고, 그럴 때면 야구와 롯데 자이언츠를 꽤 좋아하고 있었다는 걸 깨닫고는 했다. "1년 중 가장 슬픈 날은 야구가 끝나는 날이다"라고 말했던 LA 다저스의 레전드 토미 라소다Tommy Lasorda의 표현에 완벽히 동의하지는 않지만, 야구가 끝나는 날은 나에게 1년 중 꽤 슬픈 날에 속한다는 건 부정할 수가 없다.

대체 이렇게 징글징글하고, 내 인생에 한 푼도 보탬이 안되는 야구의 매력은 뭘까. 삼진을 잡는 투수? 홈런을 치는 타자? 다이빙 캐치로 공을 낚아채는 수비? 이것만으로는 다 표현되지 않는 무엇인가가 야구라는 녀석에게 있다. 여기서는 크게 세 가지로 정리해 보려 한다.

우선, 야구 경기엔 팬들이 이입하고 개입할 수 있는 순간이 너무도 많다. 개인적으로 야구와 영화가 비슷하다고 생각하는데, 이 종목이 구성되는 방식은 영화와 많이 닮았다. 영화와 야구는 무수히 많은 조각으로 쪼갤 수 있다. 영화에서 하나의 컷은 야구에서 하나의 투구와 유사하다. 영화는 카메라가 한 번 켜졌다 꺼지는 조각들이 모여 신scene이 되고 그 신이 모여 작품이 된다. 야구는 공이 투수의 손을 떠나는 순간 플레이가 시작되고 누군가의 글러브에 들어가는 순간(종종 경기장 안팎으로 사라지기도 하지만)들이 모여 이닝이 되고, 게임이 된다. 한 경기에 투수가 200개의 공을 던진다면, 200개의 갈등과 드라마를 품은 조각이 있는 셈이다.

조금 더 돋보기로 확대해 보자. 하나의 컷을 위해 많은 영화 스태프가 분주히 움직이듯 녹색의 다이아몬드 안에서도 하나의 플레이를 위해 많은 코치가 복잡한 작전을 주고받는다. 영화와 야구는 정지된 순간(감독이 '액션!'을 외치기 전 그리고 투수가 공을 던지기 전)에 디렉터의 고민이 최고조에 이른다. 영화감독은 미장센과 배우의 동선 및 인물의 감정을 연출하고, 야구 감독은 타자와 주자의 움직임이나 수비 위치를 지시한다. 플레이가 시작되기 직전, 그 숨 막히고 피를 말리는 긴장감을 영화와 야구가 모두 갖고 있다. 여기서 야구가 특별한 점은 이 고민의 시간을 우리와 공유한다는 데 있다. 완벽히 편집된 영화에서 카메라가 꺼졌을 때의 상황은 보이지 않지만, 야구는 투구 되기 전의 상황도 생생히 중계된다.

덕분에 우리는 감독의 입장에서 전략과 전술을 고민하며

훈수를 둘 수가 있다. 때로는 TV 앞 팬들의 시야가 경기장 안의 감독보다 더 넓을 때도 있다. 최첨단 카메라 장비와 중계 기술의 발달 덕분에 한 번에 더 많은 걸 보게 되었고, 감독이 놓친 걸 보게 될 때도 있으니까. 그래서 유독 야구는 감독이 책임을 많이 질 수밖에 없는(욕을 많이 먹는다는 뜻) 운명을 지닌 스포츠 같다.

수비하는 입장에서는 수비 위치, 투수 교체, 투구 구종 등을 생각하고 공격 입장에서는 주루, 타자 교체, 타격 방향성 등 공 하나를 앞두고 많은 안을 떠올릴 수 있다('만약에'라는 말을 가장 많이 붙일 수 있는 종목이지 않을까). 또한 선택지를 실시간으로 고민하고 그 결과를 바로 확인할 수 있다는 점에서 긴장감이 상당하다. 내가 생각한 게 맞을 때는 짜릿하고, 감독의 작전이 악수일 땐 화가 난다. 이렇게 공 하나에 몰입할 경지에 이르고 나면, 야구에 미치지 않을 수 없다.

두 번째로 야구는 '완벽'만을 요구하지 않는 스포츠다. 투수와 타자는 던지고 친다는 메커니즘을 공유하지만, 싸우는 방법에 단 하나의 정답만 있지 않다. 모든 구종을 완벽하게 던지는 투수가 없고, 모든 타구를 홈런으로 만들 수 있는 타자도 없다. 공이 느리고 장타력이 낮아도 본인이 할 수 있는 장점을 더 살리면 된다. 그저 저마다의 방법으로 상대의 타이밍을 뺏는 머리 싸움을 할 뿐이다. 이 두뇌 싸움 자체도 재밌지만, 이들이 무대에 서기까지 했을 노력을 생각하면 다른 것도 보인다. 리그에는 살아남기 위해 각자의 스타일을 살린 수많은 유형의 선수가 있고(느린 공의 한계를 제구력과 타이밍 싸움으로 극복했던 유희관이 유명한 사례 중 하나다), 각자의 스타일을 개척하는 선수들의 스토리엔 감동이 있다. 게다가 야구는 '희생 플라이', '희생 번트' 등 희생을 기록하는 팀 스포츠이지 않은가. 완벽하지 않은 선수들이 서로를 보완하며 한 팀으로 움직이고 승리에 기여하는 걸 보면 야구가 더 애틋해진다. 그런 순간을 만나면, 특출난 것 하나 없는 내게도 갈고닦을 재능과 이 험난한 세상을 살아낼 나만의 길이 있을 것만 같아 야구가 더 좋아진다.

또한 타자는 실패를 당연하다 여긴다. 정교하다고 인정받는 3할 타자도 결국엔 60%, 반 이상 실패한다. 야구는 그 실패를 극복하고 성공할 확률이 낮은 기회를 살리고 모아 득점을 만드는 종목이다. 실패할 확률이 높은 게 어떻게 매력이 되느냐고? 하루에도 다양한 실패를 마주하는 내게 화려한 스포트라이트를 받는 이들도 모든 타석에 성공하지 못한다는 건 묘한 위로가 된다. '너도 실패했네!'라는 짓궂은 마음이 아니다. 프로의 세계에서 살아남기 위해 최선을 다하고, 누구보다 노력해서 최고에 오른 이들도 실패한다는 데서 세상엔 노력과 의지 그리고 간절함만으로 되지 않는 일이 있다는 걸 느낀다.

　죽도록 노력했으나 끝까지 외면당한 일, 누구나 하나쯤은 있잖아? 잘 맞은 타구가 야수 정면으로 가면 '그저 운이 없었을 뿐'이라고 말하듯 우리도 어떤 실패 앞에선 운이 없었을 뿐이라고 말하면 된다. 실패를 밥 먹듯 했고, 지금도 하고 있는 내게 야구는 '성실한 자도 실패할 수 있으니 좌절하거나 자책하지 말고 다시 한번 시도해 보라'고 위로를 건네는 삶의 안정제 역할을 톡톡히 하고 있다. 영화 〈굿 윌 헌팅〉에도 그런 대사가 있다. "너의 잘못이 아니야."

　이제 마지막이자 가장 공감할 수 있는 매력을 말할 차례다. 야구만큼 약속을 잘 지키는 존재가 이 세상에 많지 않다는 게 놀랍게도 야구의 가장 큰 매력이라고 믿는다. 팀의 승패를 말하는 게 아니다(그런 거였다면, 롯데 자이언츠는 내게 몇 년째 배신자다).
세상에 온갖 암울한 일이 있어도, 바이러스가 일상을 붕괴시킨
다 해도 매해 봄이면, 어김없이 야구는 돌아온다. 새로운 선수단
이 다양한 드라마를 안고서 우릴 반겨준다. 어떤 상황에도 그
자리를 지키는 성실한 친구를 나는 많이 알지 못한다. 또한, 우
리가 욕하고 화를 낼지언정 우리에게는 화내지 않는 무조건적
인 존재라는 점에서 배려심도 깊다(물론 우리가 모르는 어딘가에서
선수들이 팬들에게 화낼 수는 있지만).

　이런 야구가 일주일에 여섯 번이나 있다. 퇴근 후 고된 하
루의 끝에 몰두할 존재가 있다는 건 꽤 든든한 일이다. 굳이 야
구에 집중하지 않더라도 빈집을 채워주는 중계 소리는 내가 혼
자가 아니라는 생각을 갖게 한다. 드라마를 켜둘 수도 있지만,
지금 이 세상에 일어나는 일과 함께하고 있다는 안정감은 드라
마의 그것과 차원이 다르다. 야구를 볼 때면 셀 수 없이 많은 누
군가와 같은 시간에 같은 걸 보고 있다는 유대감을 느낄 수 있
다. 그런 존재가 하나라도 있어 낯선 서울의 자취방에서 수천
번의 위로를 받았다. 야구가 날 외면하지 않았듯 앞으로도 나는
야구를 외면할 수 없을 거다.

앞으로도 잘 부탁한다, 자이언츠!

 강편's Movie Talk

보스턴 레드삭스 팬에 관한 영화 〈날 미치게 하는 남자〉에서 왜 이렇게 야구를 보며 고생하는지 모르겠다는 질문에 주인공이 이렇게 대답한다. "그게 어때서? 그래도 여기 있잖아. 매년 4월마다 말이야. 몇 시가 되었든 경기가 있고, 비가 와서 취소되면 반드시 재경기를 하는 그런 존재가 있어?" 돌아보니 27년째 한결같이 나를 기다려 줬던 존재는 어머니와 롯데 자이언츠뿐이었던 것 같다. 맞다. 힘들고 지친, 그런 거지 같은 날에도 자이언츠는 늘 거기 있었다.

Ep 04

〈화양연화〉
"그 시절은 지나갔다"

롯데 자이언츠가 곧 새로운 구장을 가지게 된다. 더 좋은
구장에서 야구를 볼 수 있다는 건 팬과 선수 모두에게 행복한
일이다. 지금까지는 재건축이라 알려졌고, 위치엔 변화가 없을
거라고 한다. 그래도 이별은 이별이다. 곳곳에 나의 유년기 추억
이 묻어 있는 사직 야구장이 사라진다는 게 아쉽고, 여전히 믿
기지 않는다. 그래서 어디에도 풀어놓을 수 없는 나의 옛 시절
과 사직구장에 관한 기억을 여기에라도 남겨두려 한다.

그 옛날, 20세기 후반의 사직 종합운동장은 내게 최고의 놀이터였다. 네발자전거를 졸업한 내가 페달을 밟으며 맘껏 질주했던 공간이고, 공원 곳곳엔 농구공과 테니스공을 던지며 공놀이를 즐기는 이들이 있었다. 그리고 그 중심에 사직 야구장이 우뚝 서 있었다. 처음엔 거대하고 특이하게 생긴 건물 정도로 여겨졌지만, 초등학교 3학년 때 아버지께 글러브를 선물 받고 캐치볼을 시작하던 순간부터 그곳은 내게 특별한 의미를 갖게 되었다. 그땐 저녁마다 라디오 주파수를 99.9MHz로 맞추고 롯데 자이언츠 경기 중계를 들었다. 스마트폰처럼 가지고 놀 도구가 많지 않았고 컴퓨터로도 할 수 있는 게 제한적이었던 그때, 내게 자이언츠의 경기는 막장 드라마와는 비교할 수 없을 정도로 아드레날린을 폭발하게 만드는 일일 드라마였다(자이언츠 경기나 막장 드라마나… 그게 그건가?).

그때의 야구장은 7회가 끝나면 무료 입장이 가능했는데, 대대로 롯데 불펜이 약했다는 사실을 고려하면 그쯤 들어가도 꽤 재미있는 경기를 많이 볼 수 있었다. 밤의 야구장에서만 느낄 수 있는 특유의 분위기도 좋았다. 서서히 보이는 녹색의 그라운드는 강한 불빛을 받아 거대한 무대처럼 보였고, 그 안에서 움직이는 선수들은 슈퍼스타 같았다. TV에서 보고 라디오로 들었던 선수들의 플레이를 현장에서 직접 보면 그 느낌이 많이 다르다. 저렇게 멀리 공을 칠 수 있고, 빠르게 던질 수 있다는 게 놀라웠다. 무엇보다 관중의 함성은 소름이 돋을 정도로 크고 웅장했다. 그들과 함께 소리를 내뱉으면 에너지가 샘솟았다. 잿빛 도시 속에서 유독 빛났던 사직구장, 그곳의 일부가 될 때면 속이 뻥 뚫려 후련했다. 야구가 진행되는 그 시간만큼은 다른 일을 주머니에 넣어두고 잠시 잊을 수 있다는 점에서 해방감을 잔뜩 느끼게 해준 요란한 도피처이기도 했다.

또 그곳에선 자이언츠에 미친 나 같은 사람을 많이 만날 수 있어 즐거웠다. 신문지를 찢어 만든 도구를 들고 부산 갈매기를 목 놓아 부르던 그곳. 당시엔 아이들을 위한 '아주라'라는 문화가 있었는데, 어른이 파울볼을 줍게 되면 관중은 일제히 "아주라! 아주라!"를 외쳤다. 아이에게 공을 주라는 의미였고, 공을 받은 관중은 주변의 아이를 찾아 공을 건넸다(지금은 강압적인 성격 탓에 사라진 것으로 알고 있다). 그래서 당시엔 파울볼이 날아가는 곳 근처로 참 많은 어린이가 달려갔었다. 그때 공을 받은 아이들은 자이언츠의 팬이 되었겠지만, 그들은 몰랐겠지. 앞으로 그들이 봐야 할 자이언츠의 야구가 상상 이상으로 험난하다는 걸 말이다. 그래서 어른들은 씁쓸한 자이언츠 팬들의 미래를 위해 미리 야구공이라도 챙겨주셨던 걸까.

경기 후반 머리에 비닐봉지를 쓰고 응원했던 문화도 지금의 사직구장과 함께 묻힐 기억 중 하나다. 관중 대부분이 주황색 봉지를 쓰고 있는 풍경은 천만 관객을 동원한 영화 〈해운대〉에도 등장한 명장면이다. 그 영화는 엄청난 인원이 봤음에도 아쉬운 평가를 받았었지만, 사직구장의 한 시절과 그때의 이미지(종종 볼 수 있었던 과격한 팬의 이미지까지)를 기록했다는 점에서 자이언츠 팬에겐 의미가 남다른 작품이다. 그렇다고 사직구장에 과격한 팬만 있었던 건 아니다. 집에서 가져온 과일과 간식을 내게 쥐여주시던 자상한 분들도 있었다. 그분들의 온기가 경기 시작 후엔 롯데 때문에 활화산 같은 분노와 한숨으로 바뀌었던 것 같지만, 아무튼 그런 게 좋았다. 생판 모르는 누군가와 이어지곤 했던 그 정겨운 순간이 지금도 그립다.

이런 경험 덕에 지금도 야구장에 가는 걸 좋아한다. 어떤 면에서는 그때나 지금이나 거의 똑같다. 입장하며 경기장이 서서히 보일 때의 설렘은 여전하고, 관중의 함성은 언제나 웅장함을 느끼게 한다. 누군가 내게 과일을 건넸던 것처럼, 이제는 내가 누군가를 위해 과일 맛 사탕을 챙겨 야구장으로 향한다. 게다가 자이언츠의 성적까지 대개는 하위권인 걸 보면 정말 변한 게 없다. 다만 유년기 때보다 더 큰 감동으로 다가오는 것도 있다. 각자의 팀을 열렬히 응원하는 팬들의 모습이 나이를 먹을수록 신기하게 다가온다. 지역, 연령, 성별, 성향, MBTI(!) 등 서로 다른 점이 많은 우리가 같은 곳을 보며 목소리를 모으는 건 야구장 밖에서는 보기 힘든 진귀한 광경이다.

끝내기 홈런과 삼진 등에서 야구의 기적 같은 순간을 찾고는 하지만, 내가 느끼는 진짜 기적은 바로 여기에 있다. 많은 사람이 벽을 허물고 마음을 열어 하나의 팬이 되기를 기꺼이 받아들이는 그 순간 속에. 어쩌면 이들도 야구장 밖에서 만났다면 서로 불신하고 대립했을 수도 있다. 당연한 일이다. 정치, 경제, 사회 등 다양한 분야에서 우리는 서로 다른 가치관을 형성한 채 살아가니까. 그리고 이 가치관이 부딪혀 분쟁이 되는 것도 심심치 않게 볼 수 있다. 현대인은 낯선 존재를 만나면, 서로를 경계하고 얼마나 다른지부터 고민하는 경향도 있다. 그런 이들을 팬이라는 공통분모 하나로 결속시킨 뒤 함께 감정을 나누며, '우리'라고 말하게 하는 곳. 혐오와 불신의 시대에도 이런 순간을 목격하고 싶어 나는 야구장으로 간다.

　다시 유년기의 사직구장에 관한 기억으로 돌아오면, 가을 야구가 진행되던 어느 날이 떠오른다. 고백하자면, 사직에서 가을 야구를 본 적이 단 한 번도 없다(자랑 아니고 슬픈 겁니다). 자이언츠가 잘했던 유년기, 내 인생 첫 가을 야구 시즌에 난 경기장 안에 들어갈 수 없었다. 보려고 시도했던 경기는 있다. 정확히 어떤 경기였는지 기억나지 않지만, 아버지와 함께 집에서 사직구장까지 가던 그날의 풍경은 비교적 생생히 기억난다. 집에서 자전거를 타고, 내 모교였던 교대부설초등학교를 지나 사직으로 갔다. 당시에 난 가을 야구가 무엇인지 정확히 몰랐지만, 엄청 즐거운 날이라는 건 부산의 분위기만 봐도 알 수 있었다. 그날, 사직은 (당연히) 매진이었고 모처럼 외출한 아버지와 아들은 진한 아쉬움을 안고서 돌아와야만 했다.
　경기를 보지 못하고 돌아가는 게 아쉬웠는지, 아버지께서는 내게 "암표라도 구해볼까?"라고 물어보셨던 것 같다. 아들에

게 늘 정직하라 말씀하셨던 아버지가 암표를 고민하고, 내게 의
견을 구할 정도였으니 가을 야구가 정말 대단하긴 했나 보다.
그때 나는 뭐라고 대답했을까. 아마 그냥 집에 가자고 했던 것
같다. 그때의 난 롯데의 가을 야구가 내년에도 있을 줄 알았고,
아버지와 야구장에 올 수 있는 날이 앞으로도 많을 거라고 생각
했나 보다. 두 가지 모두 잘못된 생각이었고, 난 지금도 그날의
선택이 아쉽다. 자이언츠의 미래, 남아 있는 아버지와의 시간을
알고 있었다면 그러지 말았어야 했다. 내 인생에 딱 한 번 야구
를 볼 기회가 주어진다면, 혹은 부정한 방법으로 표를 구해야
할 경기가 있다면 바로 이 경기여야만 했는데.

　이런 다양한 추억을 품고 있는 사직구장에서의 시간이 서
서히 끝나가고 있다. 사직구장이 없어지는 건 아니겠지만, 내 기
억이 여기저기 잔뜩 묻은 공간에 다시 갈 수 없다는 건 분명 슬
픈 일이다. 이곳에서의 추억이 없었다면, 이렇게까지 롯데 자
이언츠를 좋아할 수 있었을까? 그곳이 자취를 감추면, 나의 추
억도 함께 소실되는 건 아닐까 두렵기도 하다.
　2024년, 올해는 이 구장을 아꼈던 이들을 위해서라도 최대

한 많은 경기가 열릴 수 있게 자이언츠가 반드시 가을 야구를 해야만 한다. 사직을 이렇게 초라하게 보낼 수는 없고, 보내서도 안 된다. 우리가 추억을 정리할 수 있게 충분한 시간을 마련해 주길 바란다. 그 어떤 선수보다 이곳에 많이 왔을 팬들의 추억까지 배려해 줄 수 있는 따뜻하고 강한 자이언츠가 되기를. 올해는 사직구장에서 가을 야구까지 볼 수 있기를. 아니, 이 구장과 이별하기 전까지는 한 해의 마지막 경기가 이 경기장에서 진행되기를. 돌려 말했다. 그냥 사직에서 우승해 줘.

 강편's Movie Talk

언젠가 변화한 사직구장에 가면 영화 〈화양연화〉의 엔딩처럼 이런 생각이 들 것만 같다. "그 시절은 지나갔다, 그 시절이 가진 모든 것은 이제 사라지고 없다." 하지만 우리는 금방 깨닫게 될 거다. 새 구장을 채우는 것도 그 시절을 온전히 간직한 자이언츠의 팬들일 거란 걸. 새로운 구장도 금방 우리의 추억과 함께 숨 쉬게 될 거고, 그땐 이런 말을 할 수 있지 않을까. "새로운 시절이 시작된다."

〈조커〉
"내 인생이 비극인 줄 알았는데, 코미디였어"

"그런데 월요일 오전에는 제가 자리를 비워야 할 것 같은데, 괜찮을까요?" 코로나19로 경제가 어려운 시기에 취업 시장에 나와야 했는데, 그 당시 면접을 볼 때면 늘 마지막에 던졌던 질문이다. 이를 좋아할 회사가 없다는 걸 잘 알았고, 결격 사유가 될 수도 있었지만, 해야만 하는 질문이었다. 월요일은 〈야구잡썰〉 녹화가 있으니까. 〈야구잡썰〉의 새로운 시즌이 확정되면, (혹시 모를 자이언츠의 가을 야구를 대비해) 11월까지는 월요일 오전 시간을 모두 비워뒀다. 나를 기다리는 사람이 없을 수는 있지만, 내가 기다렸다. 누군가의 분노와 웃음으로 뒤범벅되어 난장판이 될 RS-5 스튜디오에서의 소란스러운 시간을.

　이 프로그램과 2020년에 처음 만났다. 그땐 방송 이름도 제대로 알지 못했던 것 같다. 대학을 졸업한 후에도 토요일이면 사회인 야구에서 자주 만났던 현호가 야구 관련 팟캐스트에 출연하고 있었고, 그게 〈야구잡썰〉이었다. 당시 나는 OTT 통합 정보 제공 플랫폼 '키노라이츠'에서 PR 업무와 콘텐츠 제작을 담당하고 있었다. 회사를 밖으로 알릴 수 있는 창구와 방법을 고민하던 시기였는데, KBS라는 지상파와 연결고리가 있는 채널에서 언급할 기회가 생기면 큰 도움이 될 것 같았다. 영화 관련 팟캐스트를 진행하고 있던 시기라, 말로 진행하는 프로그램은 괜찮을 거란 막연한 믿음이 있었다. 현호에게 기회가 있으면 불러달라고 이야기해 두었고, 정말 그날이 왔다. 2020년 6월 29일, 〈야구잡썰〉(그땐 야구잡'설'인 줄 알았지만)에 처음 나가게 되었고, 그날 이후 롯데 자이언츠는 내게 조금은 다른 의미가 되어 버렸다.

　키노라이츠 대표님께서는 KBS 라디오국의 프로그램에 홍보

할 기회를 얻었다고 말씀드리고, 업무 중에 방송국에 다녀왔다. 거짓말은 아니지만, 돌이켜보니 홍보에 도움이 되었을지 확신할 수 없어 송구스럽다(많이 늦었지만, 지금이라도 이 지면을 빌려 키노라이츠를 자랑하고 싶다. 영화와 드라마를 좋아하는 사람에게 정말 유용한 앱이니 많이 사용해 주시길!). 그렇게 시작된 이 프로그램과의 인연. 처음엔 격주로 나갔던 것 같은데, 이후 매주 나가게 되면서 삶의 일부가 되어 버렸다. 처음 라디오국에 갔을 땐 엄청 긴장했었다. 언론정보학부생으로서 동경했던 방송국 안을 자유롭게 돌아다닐 수 있다는 게 신기했다. 녹화를 갈 때마다 '출연'이라고 표기된 출입증을 받고 게이트를 통과하는데, 이 출입증은 아직도 낯설다. 출입증을 주시는 분이 '〈야구잡썰〉이 뭔지는 알고 출입증을 주시는 걸까'라고 생각한 적도 있다(다행히 아직은 야잡에 관해 질문을 받은 적은 없지만, 물어보셨다면 꽤 곤란했을 것 같다). 많은 방송 부스와 그보다 훨씬 더 많은 방송 장비. 그리고 운이 좋으면 종종 볼 수 있는 연예인들까지. 일반 시청자인 내게는 언제 봐도 참 신기한 광경이다.

나의 첫 녹음은 방송이 없어 사용하지 않는 라디오 부스에서 진행되었다. 종종 부스를 사용하는 인원이 있을 땐, 자리를 옮겨 녹음을 이어갔던 시절도 있다(그러니까 야잡은 정규편성 된 프로그램이 아니었고, KBS가 잘 모르는 어둠의 자식 같은 존재였다). 방송에서 10시 10분으로 각인된 눈썹 탓에 무서울 것 같다고 오해하는 분도 있지만, 처음 뵈었던 정 PD님은 자상한 분이셨다(야구가… 이렇게 해롭습니다). 굉장히 프로페셔널하다는 인상 또한 받았다. 녹음 전에 그날 이야기할 내용을 브리핑해 주셨고, 오디오 레벨을 직접 맞추신 뒤 부스 안으로 들어오시는 모습은 상상 속 라디오 PD 그 자체였다. 처음엔 낯설었지만 PD님의 호탕한 웃음 덕에 긴장이 금방 풀렸고, 현호와 술자리에서나 나눌 법한 시시콜콜한 이야기를 정제된 언어로 조곤조곤 말할 수 있었다.

그때 했던 이야기 중 가장 강렬했던 건, 나의 10년패(연패 아니고, '년年패') 에피소드였다. 20대 때 야구장을 대략 열 번 정도 갔었다. 서울에 올라와 처음 본 경기는 목동 야구장에서 진행된 우리 히어로즈전이었는데, 마일영이 선발 투수였다는 것 외엔 기억이 없다. 그저 '이겼다'라는 사실만 기억할 뿐이다. 그 다음이 2009년 사직구장에서의 경기다. 입대를 앞두고 야구장

투어를 하고 있었던 현호와 함께 갔던 날이다. 입대를 앞두고 신났던 현호가 포수 뒤쪽의 높은 자리, 사직구장의 중심에서 바람의 아들 '이종범' 응원가를 열창했던 게 떠오른다. 낭만과 야만 사이 어딘가에 있던 그 시절 야구장 분위기를 생각하면, 정말 용기 있는 행동이었다. 하필 롯데의 마무리 애킨스가 역전 홈런을 허용하면서 경기까지 내어줬던 날이라, 현호가 꽤 곤란했을 거다(아니지, 오히려 더 즐거웠을 수도).

그날부터 (광견의) 저주가 시작되었던 걸까? 잠실이든 사직이든 경기장만 가면 항상 자이언츠가 패배했다. 1년에 야구장가는 일이 몇 번 되지 않았고, 팀 자체가 5할 승률이 안 되는 시즌이 많았기에 처음엔 대수롭지 않게 생각했었다. 그러다 2019년 잠실에서 열린 LG와의 3연전을 연달아 지는 걸 눈앞에서 목격한 뒤 충격을 받았다. 〈트루먼 쇼〉처럼 온 세상이 나를 속이고 있는 것만 같았다. 이런 징크스를 아는 지인들은 롯데가 지고 있는 날이면 '너, 야구장이야!?'라고 연락하기도 했다(처음엔 재밌지만, 이런 연락도 쌓이면 화가 난다. 오해하지 말자. 자이언츠한테 화가 난다는 거다). 심지어 야구장에 자주 방문하는 선배님 자녀분은 유독 경기가 풀리지 않던 날, 내가 경기장에 몰래 온 건 아닐지 합리적 의심을 했다고도 한다. 야구는 롯데가 못하는데, 왜 욕은 내가 먹어야 했을까. 이 거짓말 같은 연패는 내가 서른 살을 넘긴 2018년에야 끝났다.

이토록 처절한 에피소드를 말한 뒤, 어떤 반응이 있을지 궁금했다. '너무 슬픈 이야기였나? 재미없는 걸 괜히 말했나? 자이 언츠 자랑을 해야 했나?' 등의 고민도 있었지만, 가장 걱정했던 건 '에이, 10년 동안 어떻게 지는 경기에만 갈 수가 있어'처럼 의심받는 상황이었다. 다행히도 이건 기우였다. 나의 10년패 에 피소드를 묵묵히 들어주신 PD님은 '우리 팟캐스트에 묘하게 잘 어울린다'라는 말씀을 건네셨다(이걸 의심 없이 믿어준다고? 롯데는 대체 어떤 야구를 했던 걸까). 그때 이 〈야구잡썰〉이 이상한 아니, 비범하다는 걸 깨달았다. 내가 목격한 자이언츠의 흑역사를 털 어놔도 좋아해 주는 곳, 나의 분노와 답답함이 웃음으로 탈바꿈 하는 곳, 많이 화낼수록 좋은 방송이었다는 칭찬을 들을 수 있 는 곳. 그렇게 난 〈야구잡썰〉이라는 우주 최고의 주간 야구 프로 그램에 합류하게 되었다.

이후 이 프로그램이 곧 나의 월요일이 되면서 일주일 루틴도 변했다. 백색소음 같았던 야구 중계는 이제 자주 챙겨봐야 할 교과서가 되었고, 경기 하이라이트를 통해 복습도 하게 되었다. 일요일이면 정확하게 화를 내기 위해 데이터도 찾아본다. 나의 실패한 하루를 이 정도로 분석하고 반성했으면 지금보다는 더 훌륭한 사람이 되었을 것만 같다. 요즘은 녹화 준비를 위해 개인 유튜브 채널에서 다음 날 말할 내용을 미리 말해보는 시간도 가진다.

　아! 중요한 걸 빼먹었다. 꽤 오랜 시간 고민하는 '오프닝 멘트'는 내게 정말 소중하다. 분량이 적고 오래 이야기를 하지 못한다는 피드백이 많던 내가 온전히 확보할 수 있었던 시간. 이때 말할 문장을 일주일 내내 고민할 때도 있다(그 말도 안 되는 '반사이익론'*, '롯어강'**, '프로야구 4대 리그'***, '도박 불가 팀'**** 같은 말들도 꽤 오래 준비한 결과물이다). 이미 예상했겠지만, 한국 시리즈 우승 후 어떤 말을 할지도 진작에 고민하고 있었다. "올해의 봄

---

*　롯데와 KIA가 서로가 잘해야만 반사이익을 통해 가을 야구에 갈 수 있다.
**　롯데를 어필한 건 강편뿐이다.
***　롯데는 프로야구 4대 리그(스토브리그, 시범 경기, 정규시즌, 포스트시즌) 중 항상 두 개의 리그를 우승한다.
****　롯데에는 '패'가 없기에 도박 이슈가 있을 수 없다.

꽃이 지금 활짝 피고 있습니다!" … 이런 말, 롯데 팬이라면 하나
쯤 품고 있지 않을까. 나의 길었던 연패도 언젠가 끝났듯, 이 멘
트를 뱉을 날도 반드시 오고야 말겠지?

강편's Movie Talk

> 첫 녹음 때 다들 그런 믿음이 있었을 거다. 롯데라면 이 방송에 적합한 소스
> 를 매주 가져올 것만 같다는, '황금알을 낳는 거위가 아닐까'라는 그런 예감.
> 실제로 〈야구잡썰〉 시작 후 아직도 가을 야구에 가지 못한 팀은 자이언츠
> 가 유일하다. 이런 비극이 희극이 되는 곳. 영화 〈조커〉에서 들었던 대사처
> 럼, "내 야구 인생이 비극인 줄 알았는데, 코미디였다". 야구를 좋아하고, 자
> 이언츠를 좋아하는 분들이 나의 불행 앞에 웃을 수 있다면, 난 기꺼이 〈야
> 구잡썰〉의 광대가 되겠다.

〈월요일이 사라졌다〉
"괴상하고 문제도 많은 가족이었지만, 너희 덕분에 살았어"

〈야구잡썰〉은 롯데 자이언츠가 내게 준 가장 위대한 선물이다(단, 우승하면 바뀔 수도 있음). 이 프로그램을 소개한 온라인 백과사전에 나온 "이런 방송에 롯데가 빠질 수 있겠냐"라는 말처럼, 롯데의 히스토리는 방송에서 질적이든 양적이든 모든 면에서 다루기 좋은 소재다. 동시에 이는 내게 늘 경각심을 가지게 만든다. 엄밀히 말해 나라는 사람보다는 자이언츠 팬이라는 속성이 시청자들에겐 더 중요하다는 뜻이다. 발화자보다 소스 그 자체가 너무도 우수하기에 난 매일 지는 게임을 하고 스튜디오를 나온다. 누구든 롯데에 관해 말할 수만 있다면 이 자리를 채울 수 있고, 나보다 더 적합한 인재도 많을 거라 생각한다. 나는 말을 재미있게 하는 편이 아니고, 그렇다고 감정을 잘 드러내 공감을 불러오지도 못한다. 여러 면에서 나는 방송에 어울리는 사람이 아니다. 그저 비어 있던 자리에 처음 들어온 운 좋은 사람일 뿐이다.

이런 이유로 이 자리는 내 전유물이 아니고, 언제든 더 큰 재미를 줄 수 있는 사람으로 대체될 수 있다고 생각한다. 왜 이렇게 자신감이 없냐고? 월요일마다 화려한 출연진 옆에서 넘을 수 없는 벽 같은 걸 느껴본다면 이해할 것이다. 드디어 때가 되었다. 나의 시점에서 본 〈야구잡썰〉 멤버들을 소개할 시간이다.

정현재 PD

라디오 PD · 〈야구잡썰〉 설립자 · 방무새 · 현재코인 창시자 · 동화사 홍보대사(aka 큰정PD)

2018년부터 팟캐스트에서 〈야구잡썰〉을 제작하셨다. 1화 제목, "나는 욕하려고 야구 본다"만 봐도 이 콘텐츠의 기획 의도가 잘 보인다. 데일리로 진행하셨을 정도로 야구에 관한 애정이 크고, 지금까지 꾸준히 이어온 것만 봐도 알 수 있듯 성실하고 책임감도 강한 분이다. 개인적으로는 매번 높은 텐션을 유지하며 긴 호흡으로 이야기하시는 모습에 놀란다. 이건 보통 열정으로 가능한 일이 아니다. 호탕한 웃음으로 방송의 분위기를 살리고, 팬의 관점에서 야구 관계자들이 하기 어려운 이야기도 따끔하게 해주신다. 그 덕분에 다른 패널도 '내 팀을 까는 데' 망설임이 없었고, 덕분에 이 프로의 정체성이 만들어졌다.

타격에 진심이시다. 쉬지 않고 다양한 타격 자세와 특징을 분석하고 공부하신다. 핸드폰에 저장된 타격 영상이 셀 수 없이 많고(웬만한 코치보다 많지 않을까) 좋은 자세를 자주 공유해 주시고 메커니즘을 설명해 주신다. 지금이라도 KBS에 가면 어딘가에서 타격 자세를 취하며 열띤 대화를 이어가는 PD님과 현호를 목격할 것만 같다. 타격 관련 질문을 드리면 긴 시간 이야기를 나누며 친밀감을 높일 수 있다. 아직도 내게 PD님은 조금 어려운 분인데, 종종 함께 귀가할 때면 타격과 사회인 야구 관련 이야기로 재밌게 시간을 보내곤 했다. 사회인 야구에서 강타자로 활약 중이시고, 경기가 있는 주엔 더 활기가 넘치신다. 글러브 애호가이시며, 대다수가 중계에서 놓치는 선수별 글러브의 제

조사와 크기, 용도, 그 글러브를 사용하는 다른 선수까지 꿰고 계신다.

누가 뭐래도 가장 인상적인 건 현재코인이다. 혹시라도 모르는 분들을 위해 설명하자면, 현재코인이란 PD님이 말하는 것과는 반대의 일이 일어나는 과학적 이론을 뜻한다. 처음엔 가볍게 생각했다. 어떤 선수든 좋고 나쁨의 사이클이 있으니 잘한 시점에 눈에 띄고, 그 뒤에 자연히 못할 수 있다. 하지만 점점 이런 사례(유독 임팩트 있는 예언들)가 많아졌고, 통계적으로 PD님의 말씀이 (반대로) 이뤄지고야 마는 확률이 높아져 〈야구잡썰〉 시청자들에겐 하나의 믿음이자 종교가 되었다. 현재코인을 믿지 않는다고 말하는 분들도 본인 팀의 미래를 낙관하는 그의 이야기를 들으면 이내 안색이 어두워진다. 이 코인의 발동엔 몇 가지 조건이 있다고 하시는데, PD님의 진심에서 우러나온 말일수록 기적을 목격할 확률이 높다. 과학적으로 설명할 수 없지만, 신통한 순간을 몇 년째 목격한 뒤라 지금은 유사 과학이라고 생각한다.

김형민 작가

스포츠&드라마 작가 · 투무새 · 필리버스터 · 김기만(aka 김작가)

랜더스 필드에서 가장 유명한 작가님. 〈스포츠 대작전〉 등의 프로그램에 작가로 참여해 KBS 스포츠국에서 현호와 오래전부터 알고 지내셨고, 예전에 큰정PD님과 사회인 야구를 함께한 인연으로 〈야구잡썰〉에 출연하신 걸로 알고 있다. 초창기 팟캐스트 시절에는 목소리만 직접 듣고 뵌 적은 없었는데 어떤 느낌이라 적확히 표현할 수는 없지만, 목소리와는 다른 인상이라 못 알아봤던 기억이 있다. 패널 중 가장 넓은 시야로 야구판을 바라보시고, 날카로운 시선이 더해진 의견으로 중요 이슈에 관한 이야기를 풀어놓으신다. 이건 스포츠 작가로서의 경험과 재능이 아닐까 생각한다. KBO 전 구단의 상황 및 주간 이슈를 잘 알고 계신 덕에, 녹화 중 중요한 화제로 전환을 잘 유도하는 등 우리 프로그램에서도 작가로서의 역할을 소화하고 계신다.

투수에 진심이시다. 강팀의 조건을 투수, 그중에서도 선발투수라고 자주 말씀하셨다. 큰정PD님과의 논쟁 과정을 보고 있으면, 조선의 영조가 탕평책을 추구한 이유를 공감할 수밖에 없다. 동시에 필리버스터의 달인으로 활약 중이시다. 이슈를 설명하고 의견을 도출하는 과정에서 논리와 원칙을 먼저 이야기하시고, 여기에 상황 묘사가 이어지면서 대서사시가 완성되고는 한다. 이런 부분에서는 스토리텔러로서 이야기를 풀어내는 능력이 탁월하신 것 같다. 따끔한 비판이나 인간에 관한 애정 등으로 이야기를 마무리하시는데 이런 순간엔 따뜻한 드라마 작가로서의 모습을 볼 수 있다.

'기만과 깐죽'이라는 별명도 갖고 계신다. 평소 〈야구잡썰〉 채팅방이나 함께하는 식사 자리에서의 모습은 그 이상이라(?!) 방송에서 보여줄 수 없는 게 아쉽다(구독자 100만 달성 시, 〈야구잡썰〉 멤버십 콘텐츠로 건의 예정). 종종 작가님을 알고 있는 게스트가 나올 때면, 작가님과의 일화로 울분을 토하거나 티격태격하는 모습을 많이 볼 수 있는데, 이걸로 봐서는 프로그램 밖에서도 이런 캐릭터로 살아오신 것 같다(작가님, 대체 어떤 삶을…). 학창 시절에 드라마 PD가 되어 드라마 작가와 일하고 싶었지만, 결국 꿈을 이루지 못했었다. 〈야구잡썰〉을 통해 '드라마 작가와 작업하기'라는 꿈을 반쯤은 이룬 것 같아 신기하고 재미있다. 포기하지 않으면 어떻게든 꿈은 이루어지는 걸까?

정현호 PD

스포츠 PD · 광견 · 춤꾼 · 행복전도사(aka 작정PD)

대학 동기이면서, 졸업 후 (지금은 육아로 자주 못 나오는) 사회인 야구팀에서 자주 보는 친구다. 야구와 스포츠에 해박한 지식을 가지고 있고, 여기에 방송국 PD만이 알 수 있는 업무 지식까지 더해져 나름 전문가의 냄새가 물씬 풍긴다. 학창 시절부터 스포츠에 가진 관심이 남달랐다. 이미 그때부터 선수의 출신 학교는 기본이었고 포수의 송구 동작만 보고도 이름을 맞출 정도였다. 당시에 개인적으로는 야구 전담 기자를 하면 잘 어울리겠다고 생각했었다. 본인이 꾸준히 좋아하던 일을 직업으로 가지게 되면서 (방송 이미지와 달리) 후배들에게 선망의 대상이다(그때 내가 찍어둔 다큐멘터리가 있는데, 〈야구잡썰〉이 실버 버튼을 받는다면 바로 공개하겠다). 취업 당시 정경대학에 큰 현수막이 걸릴 정도로 우리 학과의 자랑이기도 했다.

　사회인 야구에서 수준급 수비와 타격을 자랑하는 올스타급 선수다. 경기만큼이나 레슨과 연습을 자주 하고, 야구 이야기를 하는 걸 좋아한다. 술에 취해 동아리방 앞에서 배트를 돌리던 그 모습이 아직도 선명하다(여러 가지로 큰정PD님과 호흡이 좋을 수

밖에 없다). 전성기엔 여섯 개의 사회인 야구팀에 소속되었다고 알려져 있고, 코로나19의 여파로 단축 시즌이었던 해에는 웬만한 국가의 프로 선수보다 많은 경기에 나갔던 것 같다. 그의 야구 실력은 모두가 인정하며, 그림 같은 수비를 종종 보여준다. 아마도 현호가 속한 대부분의 리그에서 3대 내야수 안에 들어가지 않을까. 나 역시 그런 존경을 담아 모든 타구에 '숏!(그의 포지션은 유격수다)'을 외친다. 그게 담장을 넘어가는 타구일지라도. 그런데 이상하게 내가 투수로 뛸 때면 유독 에러가 많았던 것 같다. 방송 분량을 위한 빌드업이었던 걸까.

　〈야구잡썰〉에 최적화된 광기로 방송을 조율한다. 녹화 때 작정PD가 있고 없고의 차이는 대화 중간의 리액션과 사운드의 차이로 느낄 수 있다. 재미없는 건 살리고, 재미있는 건 미치도록 웃기게 만든다. 그 차이를 느끼고 싶다면 광견이 출장 간 에피소드를 찾아보자. 그가 출장으로 빠진 편은 뭔가 아쉽다. 더 좋은 말을 써주면 어깨가 올라갈 것 같아 〈야구잡썰〉의 'MSG', 이것도 좀 과하니 '미원' 정도로 불러주고 싶다. 패널 중 방송과 현실에서의 차이가 가장 적다(네, 그는 정말 미쳤어요). 이런 모습과 달리(?) 책임감이 강해 유튜브 체제 이후의 〈야구잡썰〉을 유지하고 제작 및 운영하는 데 중요한 역할을 담당하고 있다. PD님, 올해도 더 많은 PPL 계약 부탁드립니다. 파이팅!

김우용 PD

라디오 PD · 우용요코사마(aka 우바오)

드래프트 편 이후로 자주 뵙게 되어 다른 분들보다 알고 지낸 시간이 짧음에도 분명히 안다. 야구에 관해 말할 때 PD님은 정말 이상한 분이다. 아니, 평소에도 이상하셨던 것 같다(농담입니다, PD님). 멤버 중 디지털 기기와 방송 장비를 가장 능숙하게 다루는 전문성을 보여주시고, 많은 방송에 대타로서 역할을 다하시는 것에서 알 수 있듯 능력이 매우 뛰어나시다. 그만큼 우용 PD님을 좋아하는 분이 많다는 증거가 될 수도 있겠다. 차분하고 내향적이어서 나쁜 말을 못 하고 배려심이 많으시다(단, NC 감독님 제외). 누군가를 챙기는 일상적인 모습에서 따뜻함이 잘 보인다. 아쉽게도 이런 점은 옆 사람을 물어뜯기도 하는 〈야구잡썰〉 내에서는 큰 약점으로 작용해 모두에게 공격을 받기도 한다. 아니다. 생각해 보면 모두의 공격을 받을 만한 이야기를 먼저 꺼내셨던 것도 같다.

야구 이야기, 특히 NC 이야기가 나오면 극 외향형 인간이 되신다. 이쯤 되면 〈야구잡썰〉이 이상한 게 아닐까 생각할 수 있지만(맞을 수도), 카메라가 꺼져도 이 모습을 유지하신다. 모든 주제를 맥락 없이 NC 이야기로 끌어가는 능력은 발군이지만, 이 때문에 이야기를 산으로 가게 해 라이브 시 위험 요소로 활약하실 때도 있다. 내가 담당 일진이라는 잘못된 프레임이 만들어진 것 같아 속상하다. 이렇게 PD님을 챙기는 게 저밖에 없다는 걸 잊지 말아 주세요. 어때요? 멋지죠?

노인균 PD

스포츠 PD · 알빠노가놈스

유튜브 〈야구잡썰〉 흥행의 키를 쥐고 계신 분. 멤버 중 가장 트렌디한 감각을 갖고 계신다. PD님 덕분에 현재 핫한 대중문화 속 밈과 짤 등을 알게 된다. 특유의 자막 센스로 유튜브 버전의 매력과 퀄리티를 증폭시킨다. 옹졸한 자막과 예상을 뛰어넘는 선곡, 이미지의 배치는 현란하다. 그리고 필리버스터, 투무새 vs. 방무새 등의 포인트를 하나의 콘텐츠로 소비될 수 있게 만들어 내기도 했다. PD님의 편집은 거장 '세르게이 예이젠시테인'의 몽타주 이론으로 컷마다 분석해야 그 진가를 알 수 있다 (무슨 개소리야). 아무튼 그만큼 좋다는 거다. PD님 덕분에 〈야구잡썰〉의 구독자가 나날이 늘고 있다(더 늘었으면 좋겠다).

좋은 의미로 미친 편집의 소유자. 스포츠국에서의 오랜 경험으로 안정적이면서도 빠른 템포의 편집을 보여주신다. 이 프로그램 외의 작업물에서는 또 다른 감각(예를 들면 서정적이고 감동적인)을 엿볼 수도 있다. 공개방송 스케치 영상만 봐도 PD님의 내면이 〈야구잡썰〉에서 얼마나 많은 고뇌를 거듭하고 있는지 알 수 있다(혹시, 〈야구잡썰〉이라 대충… 하시는 건 아니겠죠?) 맞춤법 오류가 종종 보이는데 이마저도 콘텐츠와 잘 어울려 하나의 콘셉트가 된 것만 같다. 녹화에 참여해 이미 모든 내용을 다알고 있는 에피소드임에도 그의 터치 한 번이면 새로운 작품이 되어 있어 매번 놀란다. 아직 PD님의 능력을 반의반도 쓰지 않으신 것 같아 늘 다음 화가 기대된다.

언젠가부터 〈야구잡썰〉 멤버들 곁에서 또 다른 나를 발견하는 기회를 얻고 있다. 인터뷰어로 살다 인터뷰이가 되어 보았고, 호리즌에서 화보 촬영을 하는 호사도 누렸다. 놀랍게도 다른 방송에 섭외되어 '부산 갈매기'를 열창한 적도 있고, 공개방송을 통해 오프라인에서 수백 명과 만나 외칠(그래 그거) 기회도 있었다. 모든 게 내 역량만으로는 인생에서 이룰 수 없는 일이었다. 앞서 늘 대체될 수 있는 자리라고 말했지만, 대체되고 싶은 생각은 조금도 없다. 최대한 오래오래 이들의 이야기를 가장 가까이서 듣는 사람이 되고 싶다. 또한 그들에게 자이언츠 우승을 자랑하는 날까지는 절대 나가고 싶지 않다. 나도 우승해서 한 번쯤은 자랑해 보고 싶다고!

 강편's Movie Talk

〈야구잡썰〉을 만난 뒤 나의 월요일은 늘 내 것이 아니었다. 어떻게 보면 사라진 셈인데, 문득 〈월요일이 사라졌다〉라는 영화가 생각났다. 그리고 이 영화엔 이런 대사가 있다. "괴상하고 문제도 많은 가족이었지만, 너희 덕분에 살았어." 나도 이런 마음이다. 이 프로그램의 개성 있는 멤버 덕분에 새로운 삶과 만나고 있다.

〈슈퍼스타 감사용〉
"나도 한번 이기고 싶었어요"

야구 참 어렵다. 프로 선수들의 플레이에 아쉬움과 답답함을 느끼며 수없이 울분을 토하지만, 실제로 야구를 해보면 알게 된다. 알면 알수록 어렵고, 머리로는 아는데 몸이 따라가지 못할 때가 많다는 것을(가끔은 머리로도 못 따라가는 당혹스러운 상황이 있다). 대학교 동아리에서 야구를 처음 배운 나는, 비슷한 시기에 사회인 야구팀에서도 뛰게 되면서 야구의 세계에 조금 더 다가갔다. 여러 경기를 경험하면서 야구에는 정말 다양한 유형의 선수가 있고, 저마다 승리를 위해 선택한 길이 있다는 걸 알게 되었다. 그때부터는 이보다 훨씬 복잡한 사고와 훈련을 거쳐 무대에 섰을 프로 선수가 더 대단하게 느껴졌다. 그리고 우리가 중계로 보는 카메라 밖에 진짜 프로의 플레이와 세계가 있다는 것도 깨닫게 되었다. 여기에서는 사회인 야구에서 느낀 바를 짧게라도 기록해 두려 한다.

참을 수 없는 에러의 가벼움

그라운드에 처음 들어가면 모든 게 생각보다 넓어 보인다. 중계로는 한눈에 들어와 가깝게 느껴졌던 것들이 아득한 거리에 있어 놀란다. 외야에 나가면 한 사람이 맡아야 할 구역이 넓어 외롭기까지 하다. 내 뒤에 아무도 없다는 사실에 불안해져 소극적으로 움직이고 타구 판단을 실수해 만세를 부르는 것도 쉽게 볼 수 있다. '깡!' 소리(사회인 야구는 알루미늄 배트를 사용하는 곳이 많다)와 함께 첫발을 제대로 내딛고 낙구 지점에 도달한다면 꽤 숙련자다. 내야에도 고민은 존재한다. 일단, 외야에서 느꼈듯 베이스와 베이스가 꽤 멀다. 특히 유격수와 3루 자리에서 1루까지의 거리가 짧지 않다는 건 실제로 경험해 봐야지만 알 수 있다. 우타자가 많은 탓에 유격수 방향으로 공이 자주 가는

데, 한 경기만 뛰어도 왜 유격수가 내야에서 가장 중요한 포지션인지 알 수 있다. 여기에 코너 내야(1루와 3루)는 알루미늄 배트의 반발력 탓에 살벌한 타구를 만날 확률이 높아 무섭고 위험하다. 실제로 타구를 맞아 부상이 빈번히 일어나기도 한다.

사회인 야구 선수는 특수한 경우를 제외하면 대개 일주일에 한 번 야구를 한다. 평일엔 다들 본업이 있기에 정기적으로 연습하는 경우가 드물다. 공이 낯선 상태에서 경기를 뛰게 되니 에러는 필연적이다. 최악의 경우엔 경기 시간에 딱 맞춰 도착해 몸을 풀 시간이 없을 때도 있다. 캐치볼조차 하지 못한 채 경기장에 들어가는 거다. 이런 상황에서 배트에 맞은 타구를 처리하는 건 쉽지 않다. 연습을 열심히 하는 프로도 실수하기 마련인데, 몸이 덜 풀린 사회인 야구 선수에게 공이 더 친절할 리 없다. 삼진을 잡는 압도적인 투수가 없다면, 사회인 경기의 1회가 유독 어려운 이유다. 에러가 상수라면 그다음이 더 중요하다. 집중해서 넥스트 플레이를 할 수 있어야 하고, 경기 중엔 이전에 했던 에러를 머리에서 지울 수 있어야 한다. 이건 야구 외의 다른 일에도 적용할 수 있다. 누구나 실수는 한다. 그걸 어떻게 이겨내는지가 더 중요하고, 거기서부터 우리의 인생도 달라진다.

사회인 야구의 MVP

사회인 야구에서 가장 중요한 능력은 뭘까. 홈런을 때리는 시원한 타격? 상대를 혼란스럽게 하는 주루? 빠른 구속과 완벽한 제구력? 다 중요하지만, 일단 경기장에 나올 수 있어야 한다. 사람이 없어 최소 경기 인원을 채우지 못할 때면 몰수패를 당해야 할 수도 있다. 그래서 사회인 야구 선수에게 가장 필요한 건 참석 능력이다.

다양한 이유로 사회인 야구 선수들은 야구장에 나오지 못한다. 밀린 업무, 가족 행사, 육아, 경조사, 부상 등이 출전의 기회를 가로막는다. 사회인 야구팀의 누군가가 결혼할 때, 식장에서는 배우자에게 "경기 자주 나오게 해주세요"라고 부탁하는 광경을 자주 볼 수 있다.

반대로 인원이 많은 팀은 그것대로 고충이 있다. 모든 선수를 선발에 넣을 수 없기에 아쉬움을 느끼는 선수가 생길 수밖에 없다. 팀이 승리하더라도 벤치에서만 그 경기를 지켜본다면, 귀한 시간 내서 온 보람을 느끼지 못하고 소외감을 느낄 수도 있다. 물론 '더 잘해야지'라는 생각을 먼저 하겠지만, 경기장 속 동료의 모습을 보면 어쩔 수 없이 부러울 거다. 때로는 팀 성적과 무관하게 '내가 나가서 진 경기'가 '내가 못 나가서 이긴 경기'보다 즐거울 수 있다. 그래서 사회인 야구팀의 감독이 참 어려운 것 같다. 선수들의 참여를 독려하고, 동기와 즐거움도 주면서 경기까지 이겨야 하니까. 사회인 야구와 상황이 같지는 않겠지만, 프로야구도 사람이 하는 일이기에 프로팀 감독도 이런 복합적인 면을 고민하지 않을까. 우리가 알지 못하는 선수 기용의 기준과 말할 수 없는 에피소드가 분명 있을 거다. 이런 생각을 할 때면 〈야구잡썰〉에서 선수단 내부의 상황을 모른 채 감독의 라인업과 전술을 이야기하는 게 죄스럽기도 하다.

난쟁이가 쏘아 올린 느린 공

현호가 방송에서 언급한 적이 있지만, 나는 공이 굉장히 느린 투수다(그렇다고 제구가 뛰어나지도 않다). 예전에 스피드 건으로 측정했을 때 시속 80km 조금 넘게 찍혔는데, 지금 투구 자세로 던지면 정말 시속 50~60km도 안 나올 거다. 이론상으로는 내가 공을 한 번 던질 때, 공이 느린 걸로 유명한 유희관의 직구가 (팝 타임 제외) 왕복을 할 수 있다. 그래도 투수는 재밌다. 선발 투수로 나간다는 오더를 미리 들으면, 전날은 술도 되도록 마시지 않고 일찍 자며 다음 날 경기에 대비한다. 스포츠를 좋아하는 이에게 정신병이 있다면, 바로 '승부를 향한 집착'일 거다. 사회인 야구라도 경기는 경기, 승부는 승부이기에 긴장감이 있다.

투수는 경기장 가장 높은 곳에 서 있고 그의 손에서 공이 떠나야만 플레이가 시작된다는 점에서 매력적이다. 그리고 정말 예민한 포지션 같다. 발의 위치를 비롯해 상체와 하체 그리고 손가락까지 근육 하나하나의 미세한 움직임이 투구(적확히는 릴리스 포인트일 것 같다)에 영향을 준다. 재밌는 건 그날 유독 잘 들어가는 코스가 있고, 절대 들어가지 않는 코스도 있다는 거다. 공을 던질 때마다 느낌이 다를 때가 있고, 새 이닝은 새 게임처럼 느껴지기도 한다. 그래서 투수로 던지는 선수들이 늘 대단해 보인다. 조금 더 말하자면, 개인적으로는 더 예민한 보직이 불펜투수 같다. 선발일 때는 루틴을 일정하게 만들 수 있지만, 불펜으로 대기할 때는 언제 나갈지 몰라 긴장하고 몸을 푸는 시점도 체크해야 하니 말이다.

번외편 – 로미오와 줄리엣: 투무새 VS. 방무새

지금은 팀 내에 우수한 선수가 많아 투수로 뛰는 날이 적지만, 이전에는 꽤 많은 이닝을 던졌다. 개인적으로 어릴 적 좋아했던 야구 선수도 주형광, 박찬호, 랜디 존슨Randy Johnson 등 투수가 많아 김작가님처럼 투무새였지만, 사회인 야구를 경험한 뒤로는 정PD님처럼 방무새가 되었다. 아마도 이 책에서 두 분이 각자의 관점을 말씀하셨으리라 확신하기에, 사회인 야구 경기를 경험한 뒤 갖게 된 나의 생각을 짧게 서술해 보려 한다. 따로 장을 할애해서 쓸 만큼 깊이 생각해 본 적 없는 논제이기에 여기다 풀어 놓는게 좋을 것 같다. 논리적 근거는 없으니 그냥 재미로 봐주시면 좋을 것 같다.

일단, 기본적으로 야구는 투수가 더 유리한 종목이다. 타율에서도 알 수 있듯 한 번의 승부에서 대부분의 투수가 이긴다. 투수가 타자를 잡는 건 일반적인 일이고, 타자가 이기는 건 특수한 상황인 거다. 불리함을 극복하고 차이를 만들 수 있는 것이 타자다. 투수의 볼질(볼넷과는 다르다)이라는 변수가 있지만, 평균 이상의 좋은 투수와 타자가 붙는다는 가정 하에 볼질이란 선택지는 생각하지 않으려 한다. 리그의 수준이 올라가고 야구가 발전할수록 볼질하는 투수는 엔트리에 들 확률이 낮아져야만 한다. 냉정히 말해 볼질을 하는 투수는 마운드에 오를 준비가 안 된 선수다(네, 그게 저예요).

　야구는 결국 흐름이다. 그리고 이 흐름을 가져오는 상황을 만드는 것 역시 타자라고 생각한다. 투수가 중요하지 않다는 게 아니다. 투구만으로는 경기를 가져오는 흐름을 만드는 게 쉽지 않다는 거다. 대개 중요한 흐름이 바뀌는 순간은 장타 및 홈런이나 주루 등 타자의 능력에서 나온다(종종 자이언츠처럼 에러를 통해 자멸하는 경우도 있지만). 타자의 꽃인 홈런은 경기의 흐름을 바꾸지만, 투수의 꽃인 삼진은 상대의 흐름을 끊는 데 그친다. 결정적으로 투수는 결코 그 게임을 이기게 할 수 없다. 나도 마운드에 오르는 날이면 흐름을 지키려 애썼지만, 대개는 실패했다. 특히나 투수에게 죄악인 볼넷을 너무도 많이 범한 나쁜 투수였다. 언젠가 스물일곱 개의 아웃카운트를 스물일곱 개의 삼진으로 마칠 수 있는 투수가 많아지거나, 삼진도 점수에 들어가는 시스템이 생긴다면 나도 투무새가 되지 않을까. 그와 별개로 내가 목격하는 롯데의 첫 우승이 투수 덕이라면? 정PD님, 죄송

합니다. 그때부턴 투무새가 되겠습니다.

 강편's Movie Talk

주말의 빈 시간을 야구로 채우는 이들은 야구를 미치도록 좋아하는 사람들
이다. 프로는 돈을 받고 야구를 하지만, 우리는 돈을 내고 야구를 하니 어떻
게 보면 더 간절하다. 일주일에 여섯 번 있는 프로야구보다 몇 번 없는 이들
의 경기가 더 가치 있을 수 있다. 고단한 일상에서 벗어나 야구공만 생각할
수 있는 시간, 회사와 세상이 주는 패배감에서 벗어나 "나도 오늘은 이기고
싶어요!"라고 당당히 외칠 수 있는 곳. 이번 주말엔 모두의 경기장에 비가
오지 않기를.

Ep 08

〈보이후드〉
"이 순간이 우리를 붙잡는 거지"

낙산 공원 인근의 한 카페에서 〈야구잡썰〉의 시청자라며 인사를 건넨 분이 있었다. 야구장 밖에서 누군가 인사해 주신 적이 없어 많이 당황했었다. 더 놀랐던 건, 야구 선수로 뛰고 있는 중학생 아들과 함께 주말을 보내고 계셨다는 거다. 건강히 운동해서 정PD님께 욕을 먹을 수 있는 선수가 되길 바란다고 말씀드렸는데, 정말 그런 순간이 왔으면 좋겠다. 그때까지 〈야구잡썰〉이 생존한다면, 그 선수의 시작을 목격했다고 자랑할 수 있지 않으려나.

긴 시간 야구를 보면서 다양한 이정표를 지나왔다. 슈퍼스타의 탄생에 환호하고 위대한 선수들의 아쉬운 은퇴에 울컥하기도 했다. 새로운 시작을 보는 건 늘 설레고, 반대로 그라운드를 떠나는 선수를 보는 건 항상 속이 쓰리다. 시작만 있고 끝이 없기를 바라지만, 시간이라는 녀석은 늘 만남 뒤에 이별을 준비하고야 만다.

첫걸음이 결과를 결정하지 않는다

예전에도 드래프트 제도가 있었지만, 지금처럼 많은 미디어와 팬이 예비 프로 선수의 일거수일투족에 관심과 사랑을 보냈던 것 같지는 않다. 그들에게 가장 중요한 그날, 야구인들의 이목이 집중되는 드래프트의 현장에선 정말 다양한 감정을 느낄 수 있다. 누군가에겐 프로리그로 가는 기회가 되지만, 누군가에겐 그라운드와 한 발 더 멀어지는 계기가 되는 자리이기 때문이다. 간절해도 닿지 않는 것들이 있고, 세상은 종종 잔인하다는 걸 알려주는 자리.

드래프트와 완전히 같지는 않겠지만, 나에게도 죽을 만큼 열심히 하고 선택받기를 기다렸던 순간들이 있다. 그 간절함은 대개는 외면당했고, 세상이 끝난 것만 같은 느낌에 둘러싸여 나는 좁은 방 안으로 스스로를 밀어 넣었다. 비슷한 경험이 있어서인지 미디어가 상위 라운드에 선택된 선수에게 집중할수록 하위 라운드에 선택된 선수들 그리고 선택받지 못한 선수들에게 눈이 간다.

지명받지 못했다면, 일단 그 순간만큼은 마음껏 화내고 울어도 괜찮을 것 같다. 이런 감정을 느낀다는 건 그만큼 노력했고, 야구를 좋아했다는 증거다. 그래도 잊지 말아야 할 것은 너무 늦지 않게, 가능한 빠르게 일상으로 돌아와야 한다는 점이다. 어차피 돌아오게 되어 있으니까. 어제보다 더 어려운 과정이 기다리고 있겠지만, 여전히 선택할 수 있는 길은 존재하고, 누군가는 이미 자리를 털고 일어나 새로운 레이스를 시작한 것을 보게 될 테니까.

선택을 받지 못했던 과거의 나는, 홀로 그 자리에 남아 있는 듯해 초조했다. 성숙하지 못했던 탓에 '선택을 받았다면 내 삶이 바뀌지 않았을까?' 하는 상상의 나래를 자주 펼쳤지만, 변하는 건 없었다. 시간이 흐른 뒤에야 그런 과정이 쌓여 조금씩 내 인생의 궤도가 변하고 있다는 걸 인지할 수 있었다. 여전히 정리되지 않은 길 위에서 방황 중인 미미한 존재지만, 패배의 잔을 마시고도 더 멋진 삶의 궤도에 오르며 자신을 증명한 사람이 많다는 걸 알기에 숨지 않게 되었다. 세상은 잔인한 만큼 인자한 면도 가지고 있어서, 다양한 모양의 기회를 준비해 주기도 한다. 병 주고 약 주고, 얄밉지만 고마운 그런 존재.

드래프트를 통과한 선수가 1군에서 뛸 확률이 높다는 건 부정할 수 없다. 그들은 잘 정리된 길에서 달린다. 반대로 선택받지 못한 선수는 거칠고 험난한 길을 뛰거나 새로운 길을 개척해야 한다. 하지만 그것도 결국 하나의 길에 불과하다는 걸 우리는 경험적으로 안다. 지명받은 모든 선수가 성공한 게 아니고, 지명받지 못한 모든 선수가 실패한 것도 아니다. 드래프트는 그들의 과거 기록이 정리되는 자리일 뿐, 내일의 그 무엇도 보장하지 않는다. 그들이 노력한 과거의 시간이 빛을 못 봤을 뿐, 인생 전체를 부정당하는 것도 절대 아니다. 그들에겐 무엇이든 될수 있는 가능성과 시간이 여전히 남아 있다. 그리고 내게도 그럴 시간이 있을 거라 믿는다.

빛나는 원석들의 시대

요즘은 신인 선수를 전폭적으로 지지하고, 실수와 실책을 하더라도 더 크게 응원하는 분위기가 있다. 지금의 성숙한 팬들은 알고 있는 거다. 사회초년생에게 실수가 당연하듯 어린 선수들도 프로의 낯선 그라운드에서 실패할 자유가 있다는 걸. 신인 선수들도 이런 관심을 잘 알고, 더 열심히 뛰고 팬 서비스도 몸에 익히면서 '프로'의 의미를 실천하고 있다. 이처럼 원석 단계의 선수들이 많은 관심을 받는 것엔 장단점이 있을 거다. 큰 관심을 받아 행복하지만, 한편으론 삶의 많은 부분을 대중과 공유하면서 스트레스를 받을 수도 있다. 종종 팬이라는 이름 뒤에서 강압적이고 선을 넘는 행위를 하는 분들도 있다. 좋은 팬과 나쁜 팬을 구분할 수는 없지만, 함께 살아가는 사회에서 지켜야하는 것들은 분명히 존재한다.

지극히 개인적인 의견이라 약간 조심스럽지만, 프로 선수도 연기를 배웠으면 좋겠다는 생각이 들 때가 종종 있다. "야구 선수가 야구만 잘하면 되는 거 아니야?"라고 말하는 게 당연하지만, 경기장 안에서 느슨한 플레이를 하거나 경기장 밖에서 선수가 팬들을 경시하는 사건이 있을 때면 뭔가 위태롭다고 생각하게 된다. 순수한 운동으로서의 야구와 거대한 엔터테인먼트로서의 야구가 충돌하는 '프로야구'는 팬이 있어야 그 의미가 있다. 야구를 잘하는 만큼이나 팬들이 원하는 모습도 보여줘야 한다. 그렇다고 선수들의 삶의 방식 및 가치관 전체를 바꾸고, 야구만 생각하라는 건 너무도 폭력적이다. 다만 그들이 밖으로 노출되는 순간만큼은 절제하고 경계할 수 있는 프로면 좋겠다. 경기장 안에서는 열심히 뛰는 척이라도 할 수 있어야 하고, 야구장 밖에서는 팬과 야구를 사랑하는 척이라도 할 수 있으면 좋겠다.

그리고 또 하나, 걱정되는 표현이 있다. 미디어에서는 종종 '제2의 아무개'라는 워딩으로 신인 선수들의 기대치를 표현한다. 이건 '선수가 원한 게 아니라면' 부적절한 표현이고, 때로는 선수에게 족쇄가 되는 말이기도 하다. 이제 막 사회생활에 첫발을 내디딘 이들을 누군가의 비교급으로 치부하는 건 실례다. 그들에겐 그들만의 길과 이상향이 존재한다. 다른 사람이 나서서 가능성을 미리 재단하고 정해줄 필요는 없다. 우리도 사회생활 중 타인과 비교를 당한다면 부담되고 때로는 화도 날 거다. '엄

마 친구 아들' 이야기에 질색한다면, '제2의'라는 표현에도 관대
해서는 안 된다. '그 선수와 유형이 비슷하다, 어떤 선수의 신인
때가 떠오른다'라는 표현으로도 충분하며, 부디 온전히 그 선수
로서 바라보려는 노력부터 하면 좋겠다. 모든 개인은 자신의 이
름으로 이정표를 세워나갈 수 있는 빛나는 원석들이다. 누구의
카피캣도 아니다.

거대한 별과의 이별

최근엔 나의 한 시절을 함께했던 위대한 선수들이 하나둘
경기장을 떠나는 걸 목격하고 있다. 예고된 은퇴라도 그 이별이
쉬울 리 없다. 때론 '은퇴식'이라는 말에 짜증이 나기도 한다. 한
선수의 시간을 칼로 도려내듯 잘라버리는 것만 같아서. 솔직히
말해 멀리는 데릭 지터Derek Jeter, 마리아노 리베라Mariano Rivera,
가까이는 양준혁, 박용택 등 위대한 선수들의 은퇴를 볼 때 '대
단하다!' 외에는 특별한 감정을 느끼지 못했다. 내가 잘 모르는
회사원들의 은퇴와 그 느낌이 비슷했다. 하지만 이대호의 은퇴
앞에서는 진한 여운과 어떤 공허함을 느꼈다. 오래 응원하고 시
간을 공유한 선수의 은퇴는 일반 직장인의 그것과 차원이 달랐

다. 그런 은퇴는 우리가 함께 호흡했던 순간들이 그의 퇴장과 함께 시간의 저편으로 넘어가고, 우리가 보냈던 짝사랑이 끝났음을 공표하는 이정표 같은 것이었다.

이대호는 역대급 커리어를 가졌지만, 왠지 거리감이 느껴졌던 선수다. 무뚝뚝하고 과묵해 보이는 성격을 가진 듯해 친근하다고 생각하지 못했다. 잘할 때가 훨씬 많았지만, 느린 발로 많은 병살타를 치고, 홈에 들어오지 못해 탄식했던 적도 많다. 그래도 늘 거기 있는 게 당연한 '롯데의 4번 타자'라는 생각으로 긴 시간을 봐왔다. 그런 그의 은퇴가 확정되었을 때 마음이 복잡했다. 저렇게 존재감이 커다란 선수가 라인업에 없을 거라고? 수년간 불렀던 그의 응원가를 부를 일이 없다고? 당연하다 여겼던 존재가 사라진다는 것의 충격. 그때서야 자이언츠 팬이었던 내가 그에게 많이 의지하고 있었다는 걸 알았다.

지난 20년 롯데 자이언츠는 패배에 더 익숙한 팀이었지만, 그의 타석만큼은 승리에 더 익숙했었다. 그와 함께 어머니와 친구들, 그리고 이름 모를 팬들과 웃을 수 있었다. 이대호의 은퇴는 나의 10대, 20대, 30대 일부의 퇴장이었다. 그의 은퇴를 목격한 뒤 우리 일부와의 이별이 더 두려워졌다.

강편's Movie Talk

이대호 선수가 은퇴하는 날 이런 글을 SNS에 썼었다. "시작과 끝을 부산에서 함께해 주셔서 감사합니다. 이제는 어제가 된 그 시절, 우리는 한국에서 이대호를 가져 본 유일한 팀이었습니다."

내가 야구를 보는 게 아니라 야구가 나를 붙잡는 것만 같은 순간을 종종 만난다. 많은 원석들이 이처럼 빛나는 순간을, 우리가 야구를 더 사랑할 수밖에 없는 순간을 많이 만들어 주길.

Ep 09

〈어바웃 타임〉
"우리가 할 수 있는 최선은
이 멋진 여행을 즐기는 것뿐이다"

    드디어 마지막 장이다. 한 시즌의 끝에 다음 시즌을 기대하는 것처럼 마지막 장엔 미래의 자이언츠를 향한 기대로 마무리해야만 할 것 같다. 매해 타 팀의 잔치를 보고 있는 내게 한국시리즈와 우승이라는 단어는 솔직히 마음속까지 그 의미가 와닿지 않는다. 세상에 변하지 않는 것은 없다고 한다. 그러니 나와 자이언츠 팬도 저 생소한 것들을 경험하는 날은 분명히 올 것이다(언제라고 콕 집어서 말하지는 못하겠다). 2023년 시즌도 일찍 마친 자이언츠는 대대적인 개편으로 변화를 추구하고 있다.

감독이나 선수를 비롯해 매해 영입이 있을 때마다 '조금 더 나아지긴 하겠지'라고 기대했지만, 회의적이었던 건 사실이다. 그런데도 이번에 기대를 거는 건, '드디어 이 팀이 뭐가 문제인지는 아는 것 같다'라는 느낌을 받은 덕분이다.

　　MLB 명예의 전당에 이름을 새긴 전설적인 투수 크리스티 매튜슨Christy Mathewson은 "승리하면 조금 배우지만, 패배하면 모든 것을 배운다"라는 말을 남겼다. 동의하지만, 동의하지 않는 말이다. 한 번의 실패가 있을 땐 이 명언을 통해 많은 힘을 얻었지만, 계속되는 패배 앞에서는 의문이 들었다. '스포츠' 안에서 저 말을 되새기면 '배운다'도 결국, 내일의 승리를 위한 과정일 거다. 그렇기에 승리해야만 그 과정에 의미가 있고, 패배의 가치를 온전히 곱씹을 수 있다고 믿는다. 10년 정도 사회인 야구를 뛰었고, 작년에야 우리 팀이 정규리그에서 우승하는 경험을 했다. 밖에서 보면 사회인 야구가 그렇게 대단하겠냐 말할 수 있지만, 10년간 함께한 팀원들과 맞이한 순간은 내겐 너무 소중했다. 우리가 했던 무수히 많은 에러와 내가 허용한 백 개가 넘는 볼넷이 그때야 '성장의 과정'이라는 말로 다시 태어나 소중한 의미가 되어주는 것 같았다.

　자이언츠에 소속된 많은 선수가 아직 온전히 이기는 시즌을 경험한 적이 없다. 장기 레이스를 완주하면서 제대로 된 성과를 낸 경험이 없다 보니, 중요한 시기가 오면 함께 무너지는 경향이 있다. 선수들은 시즌 전체를 봤을 때 체력은 어떻게 관리해야 하는지, 컨디션이 좋지 않을 때 회복되는 기간과 방법이 무엇인지 몰라 열심히만 하다 지치는 모양새였다. 이건 코칭 스태프나 프런트도 마찬가지다. 이길 경기를 잡지 못해 나중엔 어떤 경기를 무조건 취해야 하는지, 어떤 경기를 버려야 할지 구분할 줄 몰랐다. 지친 선수에게 어느 정도의 시간을 주어야 하는지 백업이나 2군 선수와 어떻게 번갈아 써야 하는지도 몰라 많은 선수를 망가뜨렸다. 난 우리 자이언츠가 기세만으로 주목받는 팀이 아닌, 조직력과 탄탄함으로 묵묵히 한 시즌을 완주하는 팀이 되기를 바란다. 우리의 길었던 암흑기와 실패가 더 긴 부흥기로 이어져, 아래에서 머무른 시간이 성공의 발판을 마련하기 위해 필요했던 인고의 시간으로 인정받기를 바란다.

　오래전 야구장에서 한 부자를 본 적이 있다. 초등학교에 막 입학한 듯 보이는 아들과 아버님이었는데, 자이언츠를 응원하던 아버지는 경기가 기운 뒤 아들에게 그런 이야기를 건넸다. "롯데는 1992년 이후에 우승이 한 번도 없는 팀이다." 이에 아들은 아무런 답을 하지 않았다. 정확히는 그 시간의 무게를 가늠하지 못하는 듯했다. 열 살이 안 된 친구에게 90년대는 까마득한, 교과서에서나 볼 법한 시간일 것이다. 자신의 이야기에 공감하지 못하는 게 답답했던 아버지는 다시 이야기를 건넸다. "그러니까 네가 아빠 나이가 될 때까지 우승을 단 한 번도 못 했다고." 그제야 아들은 롯데의 팀 컬러를 이해했고 표정이 급격히 어두워졌다(비유법이라는 게 이렇게 대단하다). 그 친구가 자이언츠의 팬이 되었을지 확신할 수 없지만, 적어도 그 친구만큼은 나중에 본인의 자녀에게 그런 이야기를 하지 않게 만들 롯데 자이언츠가 되길 소망한다.

몇 년 후의 어느 날. "롯데 우승! 롯데가 길었던 무관의 세월을 깨고 우승합니다!"라는 우승콜이 울려퍼질 때.

난 그때 무엇을 하고 있을까? 부디 야구장에 있기를 바라며 상상의 날개를 펼쳐본다. 우승이 확정되는 그 순간 좌우를 먼저 살필 거다. 그리고 학생들이 없다면, 짧고 굵게 욕을 내지를 것 같다. 그렇게라도 쌓였던 한과 자이언츠 때문에 답답했던 시간을 토해낸 뒤에야 우승을 실감할 수 있을 것만 같다. 그 뒤엔 미친 듯 소리 지르고, 자이언츠 응원가를 하나씩 불러보지 않을까. 눈물이 날지는 아직 의문이다. 야구를 보며 울어본 적이 없기에 어떤 감정으로 울게 되는 건지 아직 모른다(우승하면 정말 눈물이 나는 건가요). 그리고 그 경기장에서 최대한 늦게 나가려고 할 거다. 그 특별한 순간에 오래 머물고 싶기에. 경기장의 냄새, 온도, 색깔을 더 오래 기억하고 싶기에. 충분히 시간을 보낸 뒤엔 우승의 순간을 함께 나누고 싶었던 자이언츠 팬들의 이름을 소환할 거다.

가장 먼저, 아버지를 찾을 거다. 당신이 물려주신 자이언츠가 드디어 우승했다며, 함께 야구장에 갔던 추억을 신나게 이야기할 거다. 다음 한국 시리즈는 미리 예매해 두겠다며 언제 올지 모르고, 지킬 수 있을지도 모를 약속도 할 거다. 아버지의 자이언츠는 우승하지 못했지만, 나의 자이언츠는 우승했다고 자랑도 해야지. 다음으로 캐리 마허 교수님을 찾을 거다. 경기장에서 종종 만날 수 있었던, 롯데를 그 누구보다 사랑했던 분. 아마 우승하는 날에도 경기장 가장 좋은 곳에 앉아 응원하고 계실 테니 찾기 어렵지 않을 거다. 요즘은 누구를 좋아하는지, 한국 시리즈 MVP는 누가 되어야 하는지 물어봐야지.

그 후엔 직접 본 적은 없지만 내겐 친숙한 투수 최동원 선수를 찾을 거다. 자이언츠 우승을 간접 체험하기 위해 수십 번을 본 영상에서 가장 빛났고, 자이언츠와 팬들을 먼저 생각하셨던 분. 그분께 자이언츠가 우승했고, 이제는 당신의 이름을 유니폼에 새겨도 부끄럽지 않을 거라고 말하며 사인을 부탁드릴 거다. 임수혁 선수도 빼놓을 수 없다. 나의 인생 경기에 늘 등장해 짜릿한 홈런을 선물해 주는 그에게 고마웠다는 이야기를 전하고, 이내 사과하겠지. 방금, 제 인생 경기가 바뀌었다고. 김명성 감독님도 찾을 것 같다. 유년기에 기억할 수 있는 강팀을 만들어 주신 덕에 자이언츠를 아직 응원한다며 감사의 인사를 드릴 거다. 당신의 자이언츠 이후 한국 시리즈에 오르는 데 수십 년이 걸렸다고 말한 뒤, 그때 못한 마지막 인사도 건넬 수 있을 것 같다. 그렇게 내 추억 속의 존재들과 자이언츠 우승을 맘껏 나눠야지. 그 뒤엔 이 긴 전투를 이겨낸 롯데 팬들과 만나 밤새 술을 마시며 우승의 순간을 반복해서 볼 거다. 아, 〈야구잡썰〉 멤버들에게 롯데 우승을 자랑하는 것도 잊으면 안 된다. 롯데 우승!

기다리지 않는 것이 가장 좋겠지만, 기다림이 있어야 느낄 수 있는 것이 있다고 한다. 우리가 기다릴 수 있다면, 그리고 자이언츠가 이를 알고 응답해 줄 의지가 있다면, 자이언츠의 팬은 한국야구에서 가장 응축된 기쁨을 맞이하고야 말 행복한 팬이다. 자이언츠 팬은 고난과 역경이 오더라도 언제나 변함없이 이곳 이 자리에서 승리를 외치고 있을 거다. 우리의 외침엔 유통기한이 없다. 그러니 응답하라, 자이언츠.

 강편's Movie Talk

시간 여행을 다룬 영화 〈어바웃 타임〉의 마지막엔 인생의 가치를 말하는 대사가 있다. 새 시즌이 시작할 때면, 아마도 많은 이가 롯데의 과거를 말하고, 우리의 아픈 상처를 떠올리게 할 거다. 그래도 상관없다. 오늘 있을 경기의 결과는 아무도 알 수가 없고, 올해 있을 새로운 시즌의 승자 역시 그 누구도 알 수 없으니까. 우리가 할 수 있는 최선은 자이언츠의 이 멋진 게임과 시즌을 즐기는 것뿐이다. 롯데 자이언츠 파이팅!

SSG
LANDERS

BASE BALL

브레이크가 고장 난
필리버스터, 투무새

김형민

1회

야구와 잡썰

인생은 계획대로 되지 않는다.

〈야구잡썰〉첫 출연도 그랬다. 준비했던 드라마 차기작이 계획대로 진행되지 않던 어느 날이었다. 난 언제 올지 모르는 답변만을 기다리고 있었다. 타석에서 생각이 많아지면 좋은 타구가 나오는 꼴을 못 봤기에 잡생각을 줄이고 싶었다. 사람을 만나자. 집필을 보호대 삼아 한동안 만나지 못했던 지인들과 약속을 잡았다. KBS 스포츠국도 빼놓을 수 없었다. 오랜만에 옛 직장에 가니 복도에서부터 안부 인사가 끊이질 않았다. 그럴 것이 지금의 드라마 원고를 쓰는 작가가 되기 전, 나는 스포츠 프로그램의 원고를 쓰는 작가였으니까.

10년의 직장 생활 중 한 부분에는 정현호 PD도 있었다. 내가 스포츠 프로그램 메인 작가였을 때, 신입사원으로 들어온 막내 PD. 평일에는 사무실에서 만나고, 주말에는 직장 야구 동호회에서 만나면서 제법 빨리 친해졌던 동생이다. 의례적인 근황 토크가 끝나자, 현호는 나한테 "오랜만에 왔는데 현재 형한테 인사나 하고 갈래요?"라고 물었다. 정현재는 현호와 마찬가지로 같은 직장 야구 동호회에서 뛰었던 라디오국 PD다. 사회생활에서 만난 몇 안 되는 동갑내기인지라 나름 더 반가운 친구였다. 그렇게 현호와 함께 간 곳이 라디오 스튜디오였다. 시구와 같은 형식적인 인사를 나눈 뒤, 현재는 마침 야구 관련 콘텐츠를 녹음하려고 했는데, 온 김에 떠들고 가라고 했다. "요즘 SK에 대해서 할 말 많잖아?" 160km/h 몸 쪽 꽉 찬 직구였다. 지금 팟빵에 들어가서 확인하니까 그날은 2020년 5월 11일이었다.

2020시즌 SK 와이번스도 계획대로 흘러가지 않았다.

개막 첫 주에 1승 4패를 기록하면서, 시작하자마자 새 시즌에 대한 기대를 차갑게 식게 했다. 하여 나는 투 스트라이크 이후 떨어지는 공에 대한 유혹을 참지 못하는 타자처럼 녹음에 참여했다. SK는 뭐가 문제냐는 현재의 유인구에 시원하게 스윙을 돌렸다. 그러다 보니 어느새 녹음이 끝나는 분위기가 됐고, 그제야 나는 이 프로그램 제목이 뭐냐고 물었다. "야구잡설이야." 잡썰도 아니고 잡설로 내가 처음 〈야구잡썰〉을 인지한 순간이었다.

오랜만에 현재랑 현호를 만나서 야구 수다를 떠니까 방송이라 생각되지 않았고, 유쾌했다. 올라오는 후기 댓글들을 읽는 건 상쾌한 경험이었다. 하지만 그 다음 주에도 나를 다시 스튜디오에 앉힌 건, SK의 0승 6패라는 주간 성적이었다. SK는 개막전 패배, 다음 날 승리 후 10연패라는 '개'막하는 야구로 날 〈야구잡썰〉 고정 출연자로 눌러앉게 해줬다. 그런 의미에서 인생 계획에 없던 길로 날 인도해 준 당시 SK 와이번스 염경엽 감독님께 감사를 전한다.

〈야구잡썰〉은 마치 계획이라도 한 것처럼 잘 흘러갔다.

얼마 지나지 않아 현호가 자신의 대학 동기인 강해인을 초대했다. 야구 프로그램을 하는데 인기 구단이자, 성적에 아픔이 있는 롯데 팬이 빠지면 안 된다는 이유였다. 롯데 팬이라면 거친 부산 사투리를 쓰며, 열정적으로 자이언츠를 성토할 거라는 선입견과 달리, 해인이는 차분했다. 마치 새드 엔딩을 직감하는 주인공처럼 항상 달관한 듯했다. 누구와도 겹치지 않는 캐릭터였다. 삼성 팬 현재, KIA 팬 현호, SK 팬 형민, 롯데 팬 해인이라는 4인 체제가 완성된 것이다. 네 명이 처음으로 함께 한 2020시즌 최종성적은 더욱 기가 막혔다. 6위 KIA, 7위 롯데, 8위 삼성, 9위 SK. 출연자 네 명이 응원하는 팀이 모두 가을 야구에 탈락한 것이다. 열 개 팀 중 절반만 해도 가을 야구에 진출하는데, 전원 탈락이라니? "대체 KBO리그는 누가 이기는 걸까?" 절로 의문이 생길 수밖에 없었다. 그래서였을까? 매주 옹졸하게 응원팀을 향해 화내고, 삐치며 데일리 스포츠가 주는 위험성을 설파하는 우리를 부끄러워해 주는 이들 또한 야금야금 늘었다. 그러다 월요일에 팟빵 업로드가 되면, 실시간 전체 3위까지 올라가는 순위를 보면서 무언가 크게 잘못됐음을 직감했다. 그쯤 현호가 얘기를 꺼냈다.

"유튜브로 할까요?"

내 인생 계획에 유튜버라는 항목은 당연히 없었다. 하지만 별로 고민하지 않았다. 어차피 녹음하러 가는 거, 녹화해도 똑같다고 생각했으니까. 솔직히 고백하자면 1983년생인 나는 당시만 해도 유튜브 파급력을 잘 몰랐다. 우린 똑같이 화내고 삐쳤을 뿐인데, 유튜브 생태계로 옮기자 더 많은 사람이 〈야구잡썰〉의 존재를 알아줬다. 오랜만에 연락이 온 후배에게 대뜸 잘 봤다는 얘기도 들었다. 즐겨 가던 야구 사이트에서 내가 했던 말과 사진이 올라오고, 공감하는 댓글들이 주르륵 달리는 걸 처음 봤을 때는 정말 신기했다.

물론, 유튜브는 팟캐스트와 다 똑같지는 않았다. 전문 편집자로 노인균 PD가 합류했기 때문이다. 인균이는 정말 빠른 호흡과 적재적소의 짤로 '듣는 재미'가 중심이었던 〈야구잡썰〉을 '보는 재미'도 있는 콘텐츠로 만들어줬다. 다만, 각자 본업이 따로 있는지라 매주 월요일 오전 녹화가 녹록지 않았다. 그때 현재의 라디오국 후배 PD, 김우용이 등장했다. 우리처럼 야구를 지독하게 보지 않고, 라이트하게 본다는 NC 팬은 훌륭한 대타였다. 기존 출연자가 못 가진 가벼움과 밝음으로 대타 만루 홈런을 치기도 했다. 물론, 천하의 손아섭도 병살타를 치듯 가끔은 밥상을 엎는 게 아닌가 싶은 긴장감을 주기도 했다. 매일 열리는 야구를 보면서 우리는 매일 단톡방에서 분노했다. 매주 모여서 방송하고 점심을 먹었다. 웬만한 친구보다 더 자주 보고, 서로의 근황을 알게 됐다. 내 계획에 없던 내 사람들이 생긴 셈이다.

내 사람들은 더 있다. '야'구 결과를 '알'아도 '못' 끊는 사람들의 약자인 야알못들. 바로 〈야구잡썰〉의 구독자다. 여전히 서툰 MC가 구독과 좋아요를 눌러달라는 말을 안 해도 알아서 눌러주고, 악플이라도 달리면 행여 출연자가 상처받을까 먼저 반박을 해주는 분들. 야구장에서 만나면 누구보다 반갑게 인사해 주는 든든한 우리 편 말이다. 그저 똑같은 야구팬일 뿐인데, 우리가 뭐라고, 우리 말을 경청해 주고 존중해 주는 혼연일체. 덕분에 KBS 스튜디오에서 400여 명과 함께 공개방송인지, 팬 미팅인지 착각이 들 정도로 소중한 시간도 보낼 수 있었다. 그날의 환호, 온기, 미소, 편지, 선물, 애정, 응원은 내 인생의 하이라이트 영상이 있다면 분명 한 부분을 차지할 것 같다.

인생은 계획대로 되지 않는다.
인생을 닮은 야구도 계획대로 되지 않는다.
하지만 빗맞은 타구가 행운의 안타가 되고, 실투로 몰린 공이 병살타를 유도하지 않던가?

그게 야구고, 그게 인생인 듯하다.

2회

야구와 유전자

1991년, 그러니까 초등학교가 아니라 국민학교라고 불리던 시절, 나는 태어나서 처음으로 야구장에 갔다. 당시 우리 부모님은 요즘으로 치면 마트 같은 슈퍼를 하셨는데, 옆 채소가게 아저씨랑 지금은 사라진 인천 도원구장에 간 것이다. 아홉 살(아, 이것도 이제는 만 나이로 바뀌었으니까 여덟 살이라고 해야겠구나), 국민학교 2학년 꼬마에게 야구장의 첫인상은 꽤 강렬했다. 특히, 화장실을 잊을 수가 없다. 남자 화장실이라고 하면 당연했던 1인 1 소변기가 아니라, 일렬로 쭉 연결된 대형 소변기에서 옆 사람들과 대충 떨어져 서서 볼일을 보는 방식은 실로 문화 충격이었다. 관중석의 분위기도 충격적이었다. 점수 차가 벌어지자, 아저씨들은 먹고 있던 사발면을 경기장을 향해 던졌다. 밤하늘을 부유하며 그물망에 떨어지던 면발과 국물. 참으로 아스라한 풍경이었다. 소변기와 사발면, 그게 내 인생 첫 직관의 추억이다. 정작 그날의 선발투수도, 결승타의 주인공도 기억나지 않는다.

그럼에도 불구하고 나는 야구팬이 됐다. 아빠는 인천에 살고 있지만, 자신은 고향인 서울을 연고지로 하는 LG의 팬이라고 했다. 그렇다면 내 선택은 간단했다. 인천을 연고지로 하는 태평양 돌핀스의 팬이 된 것이다. 연고지 개념을 이해하자, 전라도 사투리를 쓰셨던 채소가게 아저씨가 해태 팬이라는 걸 뒤늦게 알게 됐다. 그렇다면 나의 첫 직관은 해태 대 태평양의 경기였으며, 우승 후보였던 해태가 태평양을 박살 내자 홈팬들이 분노를 표출한 것으로 퍼즐이 맞춰졌다.

나는 제법 충성도 높은 야구팬이 되었다. 매해 아빠, 엄마를 졸라서 태평양 어린이 회원에 가입했다. 어린이 회원에게는 회원증, 팬북, 가방, 글러브, 사인 공, 점퍼 등이 제공됐다. 덕분에 내 소풍 사진은 매해 초록색, 노란색, 빨간색 태평양 점퍼를 입고 있는 아이로 채워졌다. 또한 혼자서 비닐 글러브를 서너 개 갖고 있던 터라, 내가 있어야 동네에서 야구를 할 수 있었다.

그리고 1994년, 나는 실로 엄청난 경험을 하게 된다. 내 응원팀이 처음 한국 시리즈 무대에 진출한 것이다. 하지만 결과는 시리즈 전적 0대 4 완패. 하지만 태평양은 도원구장에서 준우승 기념 팬 사인회를 개최했다. 나는 꼭 가고 싶다며 아빠를 졸랐지만, 슈퍼 문을 닫을 수는 없었다. 눈 내리던 겨울의 어느 날, 아빠는 사인회가 열리는 도원구장에 날 데려다줬다. 그리고 몇 시에 다시 오겠다는 말과 함께 일하러 슈퍼로 돌아갔다.

지금 생각해 보면, 핸드폰도 없던 시절에 국민학교 5학년 아들을 덩그러니 야구장에 두고 가야 하는 아빠의 심정이 어땠을까? 하지만 아빠의 심정 따위를 생각할 겨를이 없었던 꼬마는 마냥 행복했다. 선수들은 세 명씩 짝을 지어 몇몇 테이블에 나눠 앉아 있었다. 비닐 글러브를 챙겨갔던 나의 계획은 이랬다. 글러브 검지에는 1루수 김경기, 중지에는 2루수 김성갑, 약지에는 유격수 염경엽, 소지에는 3루수 김용국의 사인을 받는 것이다. 내 꿈은 내야수였으니까. 새끼손가락에 김용국의 사인을 받으며 드래곤볼을 하나씩 모아가던 그때, 갑자기 옆에 앉아 있던 중견수 윤덕규가 "글러브 줘봐" 하더니 뜻밖의 사인을 해주는 거였다. 당황한 국5 꼬마 입에서는 차마 "안 돼요!"라는 말이 나오지 않았다.

　중학생이 돼서도 나의 야구 사랑은 변함없었다. 변한 건, 태평양을 인수한 현대가 유니콘스라는 팀을 창단했다는 것. 그래서 응원팀도 자연스럽게 현대로 바뀌었다. 라떼는 지금처럼 전 경기 TV 중계를 해주지도 않았고, 문자 중계도 없던 시절이었다. 대신 정보이용료를 내는 유료 전화를 걸면, 하일성 해설위원의 목소리로 실시간 스코어를 알려주는 서비스가 있었다. 그 사실을 알게 된 나는 수시로 전화를 걸었다. 원래 야구라는 게 1대 0으로 이기고 있어도 뒤집힐까 불안해서 확인하고, 0대 1로 지고 있어도 혹시나 뒤집을까 하는 헛된 기대로 확인하는 종목이 아니던가? 그 결과는 처참했다. 한 달 뒤 말도 안 되는 전화요금 고지서가 날아온 것이다. 엄마는 이게 무슨 일이냐며, 곧장 고객센터에 문의했다. 상담원은 집에 사춘기 아들이 있냐며, 그렇다면 아무래도 아들이 음란 서비스를 이용한 것 같다는 뇌피셜로 과도한 정보이용료가 나온 배경을 설명했다. 나는 엄마한테 정말 억울하다고, 그저 우리 팀이 이기고 있는지 궁금했을 뿐이라고 항변했지만, 돌아오는 등짝 스매싱을 피할 수는 없었다.

세월은 제법 많이 흘렀다. 인천 연고지의 명맥도 현대 유니콘스에서 SK 와이번스로, 다시 SSG 랜더스로 바뀌었다. 그사이 나는 결혼을 했고, 두 딸의 아빠가 됐고, 더는 인천에 살지 않는다. 그렇지만 여전히 야구팬이다. 물론, 야구를 하나도 모르는 아내는 날 이해하지 못한다. 왜냐하면 나를 따라 처음 사회인 야구를 보러 왔을 때, 우익수 플라이를 치고 고개 숙이며 더그아웃으로 돌아온 나에게 "오빠, 저렇게 멀리 쳤는데 왜 안 좋아해?"라며 해맑게 묻던 그녀이기 때문이다. 하지만 정말 다행스럽게도 내 딸들은 나에게 야구팬 DNA를 물려받은 듯하다.

2014년 4월생인 첫째는… 지금 일기장을 확인하고 깜짝 놀랐다. 태어난 지 불과 14개월 만인 2015년 6월에 야구장 데뷔전을 가졌다니. 그때의 나는 뭐가 그리 급했을까? 아무튼 첫째는 진정 조기교육으로 키워낸 야구팬이라고 할 수 있겠다.

2017년 1월생인 둘째는 2018년 5월에 생애 첫 직관을 할 뻔했지만, 예매했던 경기가 아쉽게 우천 취소됐다. 그리고 좀처

럼 다시 날짜를 잡지 못하다가 코로나19마저 들이닥치면서 집
관하는 아빠를 직관하는 데 만족해야 했다. 그러다 2022년이
돼서야 마침내 네 가족이 야구장에 갈 수 있었다. 서당에서 키
우는 개도 3년이면 풍월을 읊는다는 말처럼, 집에만 오면 야구
를 트는 아빠 밑에서 자란 두 딸은 누구보다 선수들 응원가를
열심히 불렀다. 다만, 야구팬으로서 좀 더 재능을 발휘하는 건
둘째였다. 한글을 배울 때부터 스케치북에 최지훈, 최정, 최주
환을 쓰더니 급기야 추신수가 아닌 '최신수 힘내라'라고 적었으
니까.

　네 가족 직관에 이어 삼대代 직관도 이뤄졌다. 2023년 4월
21일, 80세 아빠와 41세 나, 7세 딸이 같이 야구장에 간 것이
다. 문제는 키움 대 SSG의 경기였다는 것. 나와 둘째는 열심히
눈앞에 있는 SSG를 응원했지만, 아빠는 별 관심이 없었다. 오히
려 핸드폰으로 LG 중계를 보는 데 열중했다. 당시 SSG와 LG는
1위 싸움 중이었기에 둘째는 LG의 패배를 바랐다. 그래서 할아
버지한테 계속 LG가 져야 한다고 했고, 팔순의 할아버지는 유
치원생 손녀에게 그럴 수는 없다고 했다. 나는 옆에서 73년의

간극이 야구라는 매체로 좁혀지는 걸 흐뭇하게 바라볼 뿐이었다. 할아버지가 손녀한테 좋은 추억을 선물해 주라는 하늘의 뜻이었을까? 공교롭게도 그날 눈앞의 SSG는 이기고, 핸드폰 속 LG는 지면서 손녀의 바람이 이뤄졌다. 경기가 끝난 뒤 아빠를 본가에 모셔다드리고 집으로 돌아왔다. 내가 어렸을 때는 아빠의 도움 없이는 야구장에 갈 수 없었는데, 지금은 아빠가 나의 도움 없이는 야구장에 갈 수 없다는 사실이 다소 씁쓸했다.

시계를 다시 내가 처음 야구장에 갔던 1991년으로 되돌려본다. 그날 아빠에겐 야구장에 가면서 아들을 야구팬으로 만들겠다는 원대한 목표나 계획이 있었을 것 같진 않다. 그저 한 달에 하루도 못 쉬던 그 시절, 가장의 달콤한 휴식 정도가 아니었을까? 하지만 분명한 건, 내 몸에 있던 야구팬 DNA가 꿈틀거렸다는 것이다. 아빠는 나한테 혈액형과 야구팬 DNA를 물려줬다. 나도 마찬가지로 내 딸에게 혈액형과 야구팬 DNA를 물려줬다. 그리고 지금은 이런 상상을 해본다. 아빠가 처음 그곳에 날 데려갔던 것처럼, 이제는 내가 내 딸을 그곳에 데려가는 것처럼, 언젠가는 내 딸도 다음 세대와 그곳에 가지 않을까?

새삼 야구가 참 고맙다.

3회

야구와 인천

　아직도 2000년 그날 아침이 기억나곤 한다. 스포츠 신문으로 하루를 시작하던 그 시절. 아침에 배달된 스포츠 신문에는 '야반도주'라는 타이틀과 함께 현대 유니콘스가 서울로 연고지를 이전하기 위해 인천을 떠난다는 기사가 1면을 차지하고 있었다. 당시 고2였던 나는 태평양부터 현대까지 쭉 응원해 왔던 팀이 하루아침에 없어지는 충격에 빠졌다. 동시에 나 따위는 아무것도 할 수 없다는 무기력함을 느꼈다. 응원했던 선수들은 그대로지만, 인천이 싫어서 떠난다는 현대를 도저히 더는 응원할 수 없었다. 왜냐하면 나는 한국에서 태어났기에 한일전에서 한 국을 응원하듯, 인천에서 태어났기에 인천팀인 현대를 응원했 던 거니까. 내가 싫다고 떠난 여자 친구를 계속 사랑할 만큼 미 련하지 않았다.

　나에게 첫 우승의 기쁨을 선물해준 팀과 갑작스럽고 강제 적인 결별. 하지만 다행히 SK라는 기업이 인천야구를 이어 받 아줬다. 해체된 쌍방울 선수들을 주축으로 와이번스가 새롭게 탄생했다. 하지만 솔직히 처음에는 쉽게 정이 붙지 않았다. 원래 내가 응원할 선수는 현대 신인 마일영이었는데 하루아침에 SK 신인 이승호로 바뀌었으니까. 낯선 이승호가 익숙해질 만큼 시 간이 흐르는 동안 SK도 인천 팬들에게 성의를 보였다. '미스터 인천'이라는 별명을 가진 프랜차이즈 스타 김경기를 중복 포지 션인데도 굳이 영입했고, 응원 구호도 SK 앞에 인천을 붙였다.

　SK의 이름으로 처음 치른 2003년 한국 시리즈. 운명의 장 난처럼 상대는 현대였다. 야구장에는 인천 연고지를 따라 SK를 응원하는 팬들과 응원했던 선수들을 따라 현대를 응원하는 팬 들로 나뉘어 있었다. 그들은 원래 같은 태평양 팬이었는데 말이다. 지금 와서 생각해 보면 그때의 나는 우승이 아니라, 복수를 원했던 것 같다. 우릴 버리고 간 팀을 꼭 이겨주길 바랐다. 공교롭게도 한국 시리즈 1차전 선발은 정민태였다. 정민태가 누구인가? 태평양 시절 유일한 자랑거리였던 짠물 투수진. 그중에서도 정명원, 최창호보다 먼저 언급되던 에이스 아닌가. 나의 자랑이었던 정민태가 상대 팀 에이스로 마운드에 올랐다. 한국 시리즈 1, 4, 7차전 승리투수가 되면서 MVP까지 차지했다. 만 스무 살의 나는 야구로 인생을 선행학습했다. 인생은 내 뜻대로 되지 않는구나.

그 뒤로는 야구팬이라면 알다시피 김성근 감독 부임 후, 흔히 말하는 'SK 왕조' 시대가 열렸다. 야구가 원래 이렇게 자주 이겨도 되는 거였구나, 매 경기가 즐거웠다. 한국 시리즈 티켓팅에 실패해도 '내년에는 꼭 성공해야지' 하면 그만이었다. 아, 내가 가장 좋아했던 정근우가 FA로 이적한다는 소식을 접했을 때는 꽤 속상했다. 하지만 이미 야반도주 사태로 단련된 나는 응원했던 팀이 모조리 떠난 적도 있는데, 선수 한 명쯤은 덤덤히 받아들일 수 있었다. 스포츠 키즈에서 스포츠 작가가 된 2018년.

SK는 오랜만에 다시 한국 시리즈 무대에 초대받았다.

우승까지 1승만을 남겨둔 6차전, 잠실구장에는 나도 있었다. 최정이 동점 홈런을 치고, 김광현이 던져서 마지막 아웃카운트를 잡았다. 김광현은 뒤돌아 만세를 불렀고, 나는 주먹을 불끈 쥐었다. 그날이 더 특별했던 건, 6차전이 KBS 중계였기 때문이다. 중계팀은 경기가 끝나고 뒤풀이를 가졌는데, 누가 우리 테이블로 오는 것이다. 불과 3시간 전쯤 우승을 확정 지었던 김광현이었다. 내 옆에 앉아 있던 이용철 해설위원한테 인사하기 위해서라니. 인사성 밝은 김광현 덕분에 나도 그에게 인사를 할 수 있었고, 같이 사진도 찍었다. 그리고 '당신은 존재만으로 인천 팬들에게 감사한 선수'라고 주접도 떨었다.

내 인생의 책장들을 차곡차곡 채워주던 SK. 그런데 2021년 1월, 9위로 마친 작년과 올해는 다르다는 다짐을 하며 새 시즌에 대한 행복회로를 돌리던 때, SK 와이번스가 신세계 그룹에 매각된다는 뉴스를 접했다. 시대가 변한만큼 스포츠 신문 1면이 아니라, 포털 사이트 스포츠란을 통해서 말이다. 내 인생의 절반인 20년을 함께 한 팀의 이름이 바뀐다는 소식은 참으로 먹먹했다. 거기에 화성으로 연고지를 이전한다는 기사까지 뜨자 '이제 어느 팀을 응원하지?', '이렇게 야구를 끊게 되는 건가?' 가슴이 철렁 내려앉기도 했다. 하지만 다행히 연고지 이전은 가짜뉴스로 판명 났고, 그제야 나는 응원했던 선수들을 계속 응원할 수 있다는 것에 안도했다. 그리고 찬찬히 생각해 봤다. SK는 고마운 팀이었구나. SK가 아니라 인천 SK로 응원가를 만들고, 김광현과 최정이라는 인천야구 역사상 처음 가져보는 전국구 스타도 배출했으며, 네 번의 우승과 왕조 추억도 선물해 줬으니까.

〈야구잡썰〉을 같이 하는 삼성 팬 현재나 롯데 팬 해인이는 가끔 화가 나면 팀을 팔아라, 혹은 해체하라고 하지만, 그건 비슷한 일을 한 번도 안 겪어봤기에 할 수 있는 말이다. 팀이 팔리는 순간, 모든 것이 불확실해진다. 쉽게는 정들었던 팀의 상징색, 응원가, 유니폼, 마스코트가 바뀐다. 더 최악으로 치달으면 응원팀이 내 고향을 떠나 다른 지역으로 옮길 수도 있다. 내 팀이 한순간에 상대 팀이 되는 것이다. 그때도 그 팀을 계속 응원할 수 있는가? 아니, 그 선수들을 여전히 우리 선수라고 할 수 있을까?

　그런 의미에서 SSG가 인천에 랜딩한 건, 행운이었다. 〈야구잡썰〉의 모토인 '내 팀은 내가 간다'에서 계속 깔 수 있는 내 팀이 있는 거니까. 팀이 새롭게 시작하는 만큼 나도 심기일전하기로 했다. 아예 두 딸도 SSG 팬으로 만드는 것이었다. 그러려면 좋아하는 선수부터 있어야 했다. 마침 SSG의 14번은 최정이고, 17번은 추신수였다. 14년생 첫째에게는 최정이 KBO리그 역사상 얼마나 훌륭한 선수인지 설명해 줬다. 17년생 둘째에게는 추신수가 한국야구 역사상 얼마나 훌륭한 선수인지 설명해 줬다. 그리고 SSG 어린이 회원에 가입해서 받은 유니폼에 최정과 추신수를 마킹할 때는 쓱린이를 영입했다는 뿌듯함을 느꼈다.

　2021년 SSG는 김원형 신임 감독과 첫 시즌을 보냈다. 8회 공격을 앞두고 단체로 부르는 연안부두 타임에 습관적으로 'SSG'보다 '인천 SK'가 나올 때가 있지만, 그래도 걱정보다는 빠르게 적응해 갔다. 비록 선발투수들의 줄부상 탓에 144번째 경기, 최종전에서 6위라는 성적표를 받아야만 했지만, 두 번째인 2022년은 달랐다. 메이저리그에서 뛰었던 김광현이 복귀하면서 시즌 전부터 "올해는 정말 다르다"라는 의지를 비쳤다. 그

리고 개막 10연승과 함께 '와이어 투 와이어wire to wire', 그러니
까 개막전부터 최종전까지 단 한 번도 1위 자리를 뺏기지 않는
최초의 기록을 달성한 것이다. (물론, 팬들은 한 경기 한 경기할 때마
다 1위를 뺏길지 모른다는 불안감에 어마어마한 스트레스를 받았지만)
창단식에서 SSG가 세상에 없던 야구를 하겠다고 했을 때, "내
가 야구를 30년 봤는데 아직 없는 게 있다고?" 생각했던 무지를
자책했다. 가을에 강했던 SK의 전통을 이어받은 듯 SSG는 한
국 시리즈에서도 김강민의 극적인 홈런으로 V5를 이루고, SSG
라는 이름으로 첫 우승에 착륙했다.

그리고 2023년. 나는 야구팬으로서 조금 특별한 경험을 했
다. 응원팀의 구단주를 만난 것이다. 야구인이나 전문가가 아닌,
야구팬들의 생각을 듣고 싶었던 SSG 정용진 구단주가 〈야구잡
썰〉 멤버들을 초대했다. 처음 식사 자리를 제안받았을 때 고민
했던 것도 사실이다. 의도와 관계없이 곱지 않은 시선으로 바라
볼 사람들도 있을 거니까. SSG를 향한 비판 수위를 항상 구단
주와의 만남으로 엮으려는 눈초리도 있을 거니까. 하지만 구단
주가 만나고자 하는 의도가 나는 굉장히 좋다고 생각했고, 무엇

보다 나도 꼭 확인하고 싶은 게 있었다. 그동안 30년 야구팬을 하면서 태평양, 현대, SK, SSG까지 벌써 네 번째 응원팀을 갖게 됐다. 나는 늘 같은 자리에서 같은 마음이었는데, 응원팀의 이름만 계속 바뀌었다. 혹시 SSG도 잠시 스쳐 지나가는 구단이면 어쩌지? 헤드샷을 맞은 후 몸 쪽 공만 오면 움츠러드는 타자처럼 불안했다. 그래서 구단주의 포부가 궁금했다.

구단주와 간단히 인사를 나누고, 몇 마디 주고받자 '아, 이 사람도 진짜 야구팬이구나'라는 생각이 들었다. 야구단을 인수하기 위해 몇 년을 고생한 끝에 얻은 이름이 SSG 랜더스라는 것도 알게 됐다. 그만큼 야구단에 대한 애정이 남다르다는 걸 느꼈다. 거기에 유통기업인 SSG와 프로야구가 함께 그릴 사업적인 비전까지. 내 마음속에 있던 막연한 걱정이 어느새 사라지기 시작했다. 그래서 식사 자리를 마치고 집으로 돌아오는 길에 가슴이 굉장히 뛰었다. 그건 대기업 부회장을 만났다는 치기 어린 설렘이 아니라, 나와 달리 우리 첫째와 둘째는 끝까지 오직 'SSG 랜더스'만 외치면 되겠다는 기대감이었다.

야구와 작가

내 직업은 작가다. 이 순간에는 당신이 읽고 있는 수필을 쓰고 있지만, 원래는 방송작가다. 문예창작과 졸업반 때 경인방송 라디오에서 처음 작가 일을 시작했으며, 졸업하고는 휴먼 다큐팀에서 막내 작가로 일했다. 이후 스포츠 작가를 하다가 시트콤을 쓴 적도 있으며, 현재는 드라마를 집필 중이다. 그중 스포츠 작가를 했던 10여 년의 이야기를 해보려고 한다. 그 시작은 2008년 베이징 올림픽이 끝나고 얼마 지나지 않았을 때다. 우연히 작가 구인 사이트에서 스포츠 프로그램 보조작가를 모집

하는 공고를 봤다.

나는 어려서부터 스포츠를 좋아했다. 특히, 야구를 꽤 좋아했다. 일요일이면 TV가 있는 안방에 이불을 잔뜩 깔아놓고, 야구 중계를 봤다. 동시에 글러브를 끼고 벽에 테니스공을 튕겨가며 다이빙 캐치를 했다. 우리 집은 다행히 1층이었다. 스무 살이 되면서 일요일이면 유니폼을 입고 사회인 야구를 하러 나갔다. 그런 나를 보면서 엄마는 항상 같은 말을 하곤 했다.

"야구가 밥 벌어줄 것도 아닌데, 뭘 그리 열심히 하냐?"

그런데 말입니다. 놀랍게도 그 말이 현실이 됐다. 스포츠 작가를 뽑는다는 말에 이력서를 보냈고, 면접을 봤고, 뽑힌 것이다. 그렇게 처음 KBS 스포츠국에서 〈일요스포츠 쇼〉라는 주말 매거진을 하게 됐다. 막내답게 메인 작가를 도와 원고에 적힌 사실관계를 확인하고, 인터뷰해야 할 감독이나 선수를 섭외하고, 녹화 때는 출연자용 원고 복사부터 자잘한 방송 준비를 했다. 그러다가 처음 코너를 맡게 됐고, 그 코너를 무슨 아이템으로 어떻게 채울지 구성안을 썼다.

솔직히 재수 없게 들릴 수도 있지만, 일이 너무 재미있었다. 예를 들어, 박병호가 맹활약해서 아이템을 만들어야 한다면 누가 라이벌인지, 혹은 역대 홈런왕 계보가 어떻게 되는지 줄줄이 꿰고 있었으니까 수월했다. 또한 관련 전문가 인터뷰를 하는 것도 즐거웠다. 해설위원이 들려주는 깊이 있는 분석이나 뒷이야기가 나한테는 매우 흥미로운 주제였으니까. 뭔가 취미 생활이 직업으로 확장된 기분이었다. 그런 나를 KBS 스포츠국 PD 선배들도 아껴줬다. 왜냐하면 방송작가는 여성 비율이 압도적으로 높아 스포츠를 좋아하는 작가가 귀했기 때문이다. 보통은 방송작가로서 역량을 갖춘 작가가 뒤늦게 스포츠를 공부하는 경우가 많은데, 반대로 나는 방송작가로서 역량만 키우면 된다고 판단했던 것 같다. 때마침 올림픽과 WBC 국가대표팀의 활약으로 야구 인기가 높아지자, 2010년 5월 〈스포츠 하이라이트〉라는 데일리 야구 프로그램이 KBS 2TV에 신설됐다. 야구면 형민이한테 맡겨볼 만하지 않겠냐는 의견과 함께 나는 메인 작가가 됐다. 스포츠국에서 일한 지 불과 1년 6개월 만의 일이었다.

여러 하이라이트 프로그램이 있지만, 작가 일은 대부분 비슷할 것이다. 경기 시작 전에 출근해 이른 저녁을 먹는다. 6시 30분부터는 온전히 야구만 봐야 하니까. 나 같은 경우에는 내가 생각하는 경기별 포인트와 KBO에서 보내준 자료들을 보면서, 이 경기가 어떤 의미가 있는지 정리했다. 그리고 경기가 시작되면 나름의 승부처를 짚어보고, 그날 출연하는 해설위원과 생각을 주고받았다. 다음으로 경기가 끝나기 전 진행자에게 원고를 전달했다. 운이 좋게도 나는 베테랑인 김현태, 이광용 스포츠 캐스터와 일한 덕분에 언제나 크로스체크를 할 수 있었다. 뭐랄까? 뒤에 내 실수를 바로 잡아줄 오승환이 있다고 믿고, 8회에 마음껏 공을 던지는 신인 투수의 기분이랄까.

방송작가는 프리랜서인데, 나는 마치 KBS 직원인 것처럼 스포츠국에서 하는 여러 프로그램을 꾸준히 맡았다. 2015년에는 영화 〈드래프트 데이〉를 감명 깊게 본 정재윤 PD가 드래프트를 소재로 프로그램을 만들고 싶다고 아이디어를 냈다. 일부 스포츠팬들이 즐기는 판타지리그*를 결합한 〈스포츠 대작전〉이라는 프로그램은 그렇게 탄생했다. 당시 스포츠국에서는 처음으로 스포츠인이 아닌 스포츠팬 연예인을 섭외하는 공을 들였다. 그래서 본 방송 때면 야구 커뮤니티에서 실시간으로 우리

---

* 유저가 구단주 혹은 감독이 되어 리그의 선수들로 팀을 꾸려 경기하는 일종의 시뮬레이션 게임.

프로그램 후기가 중계되는 보람찬 경험도 했다.

2016년 리우 올림픽 때는 KBS 방송단의 일원이 돼 약 한 달간 브라질 출장을 갔다. 가기 전에 황열, 장티푸스, 독감, 파상풍 등 주사 네 방을 맞으면서 말이다. 나는 리우 올림픽 메달리스트가 국제방송센터IBC로 올 때, 미리 준비한 차에 태워 인터뷰하는 〈리우, 으랏차차〉라는 코너를 맡았다. 덕분에 사격의 진종오, 펜싱의 박상영 같은 지금 막 세계 챔피언이 된 선수의 생생한 감정을 제일 먼저 접할 수 있었다.

입사 3년 차지만 막내였던 현호도 〈막내 PD라 간다〉라는 코너를 제작하기 위해 같이 갔던 기억이 난다. 물론, 나나 현호나 맡은 코너 말고도 하루 15시간에 달하는 편성 탓에 중계방송 지원군으로 투입될 수밖에 없었다. 아무리 그래도 올림픽이 열리는 도시에 갔으니 한 경기 정도는 볼 줄 알았는데, 휴일 하루 없이 숙소와 국제방송센터만을 쳇바퀴 돌았다. 그나마 나는 선배들의 배려로 올림픽 폐막식은 오롯이 객석에서 관람할 수 있었다. 2년 뒤 2018년 자카르타-팔렘방 아시안게임에서는 전체 중계방송을 책임지는 작가가 돼 다시 한번 종합대회 출장을 갔다. 지금 와서 돌아보면, 제일 기억에 남는 건 치열한 하루하루를 마치고 숙소로 돌아왔을 때다. 수고했다고 서로를 격려하며 기울였던 맥주 한 캔이 참 소중했다.

사실 처음에는 스포츠 작가를 따로 주제로 선정해 쓸 만큼 가치가 있을까 고민했다. 하지만 이 글의 독자는 높은 확률로 스포츠팬일 것이며, 그중에는 꿈을 꾸는 단계에 있는 친구들도 있을 것이다. 그들은 '내가 좋아하는 일이 직업으로 이어지면 얼마나 좋을까?' 같은 막연한 상상을 하며 캐스터, 기자, PD 등 여러 직종을 알아보겠지? 그럴 때 스포츠 작가라는 직업도 있다는 걸 알려주고 싶었다. 스포츠를 정말 좋아하고, 방송작가가 될 거라 했던 나조차 스포츠 작가가 있는지 몰랐으니까.

다만, 스포츠 작가를 꿈꾸는 친구들에게 그 길을 걸어봤던 선배로서 이것만은 꼭 말해주고 싶다. 가능하면 야구만 고집하지 않으면 좋겠다. 그건 자신을 수비만 잘하는 반쪽짜리 선수를 만드는 꼴이다. 야구도 좋아하는데, 배구나 농구도 좋아한다? 그러면 야구 시즌이 끝났다고 직업적 비수기를 맞지 않을 것이다. 그리고 스포츠 작가를 꿈꾼다면, 축구 국가대표팀에 지속적인 관심을 가져야 한다. 전 국민이 가장 보편적으로 열광하는 스포츠이기 때문이다. 방송작가에게 스포츠 분야는 정말 작은 시장이기 때문에, 여러 종목에 능통한 5툴 플레이어가 돼야 한다. 그래야 프리랜서로서 꾸준히 밥벌이할 수 있다. 더 현실적인 조언을 한다면, 아예 예능 또는 교양 프로그램 작가로 먼저 기반을 다질 것을 권유한다. 그런 다음 스포츠 프로그램을 해도 늦지 않다. 왜냐하면, 당장 일주일 동안 전 채널에서 방영되는 예능 프로그램 개수와 스포츠 프로그램 개수를 비교하면 그 이유를 알 수 있다. 예능 작가는 어느 정도 능력을 인정받으면 동시에 두세 개 프로그램도 할 수 있지만, 스포츠 작가는 그럴 수 없다. 오히려 자신이 스포츠 작가로서 뛰어난 역량을 갖추고 있어도 프로그램이 없어서 일을 못 할 수 있다. 그러므로 스포츠 스페셜리스트보다는 스포츠도 할 줄 아는 하이브리드 작가가 더 경쟁력 있다는 뜻이다.

나는 스포츠 하이라이트를 할 때 야구를 보는 게 일이었고, 월급으로 돌아왔다. 하지만 가끔은 내 응원팀이 아닌 다른 팀의 경기를 더 집중해서 봐야 할 때도 있었다. 엄연히 직업이니까. 내 응원팀이 극적인 동점을 만들어 연장전에 돌입해서 미리 써

둔 대본을 다 지운 적도 숱하다. 당연히 퇴근 시간마저 늦어졌다. 그래도 연장전 끝에 응원팀이 기어이 승리할 때면, 직장 동료들한테는 미안하지만 유쾌한 야근이었다고 생각했다. 나에게 스포츠 작가는 취미와 직업의 일치, 축복받은 일이었다.

5회

야구와 방송
with 흥참동

스포츠 작가를 십여 년 하면서 내린 결론이 있다. 스포츠와 방송은 상극이라는 것. 왜냐하면 스포츠 경기는 변수가 많을수록 보는 이들은 더 흥미진진하다. 반대로 방송은 변수가 적을수록 큰 사고 없이 마칠 수 있다. 스포츠 전문 채널은 그나마 상황이 낫지만, 지상파나 종합편성 채널의 경우는 더욱 그렇다. 스포츠팬뿐만 아니라, 뉴스나 예능 혹은 드라마를 기다리는 다양한 시청층의 요구가 부딪히는 곳이기 때문이다. 그런데 끝날 것 같았던 경기가 종료 직전에 극적으로 동점이 돼서 연장에 들어간다면? 그나마 축구는 연장 전후반 15분씩, 총 30분이 추가되니까 예상이라도 할 수 있다. 하지만 야구는 몇 회까지 갈지, 그래서 몇 시간이 걸릴지 아무도 모른다.

물론 이중 편성을 해놓는다고는 하지만 변수 앞에서는 모두 난처하다. 다른 부서인 9시 뉴스팀이 9시부터 하염없이 스튜디오를 떠나지 못한 채 대기하고 있거나, 예정됐던 드라마가 결방되기도 한다. 더욱이 인기 드라마의 경우는 앞뒤로 나갈 기업 광고가 이미 계약된 터라, 실무자들을 골치 아프게 할 수 있다. 그래서 스포츠국 구성원들은 힘들게 한 중계방송이 이왕이면 시청률이라도 잘 나오길 바란다. 그래야 타 부서나 편성국을 상대로 면이 서니까. 가뜩이나 월드컵과 KBO리그 중계권료는 갈수록 치솟아서 여간 눈치가 보이는 상황이라고 할 수 있다.

바로 여기서 '흥참동' 문제와 마주하게 된다. 흥참동은 '흥행 참패 동맹'의 약자다. 1982년에 출범한 프로야구는 연고지를 기반으로 빠르게 자리 잡았다. 그러다 보니 연고지 시장이 작거나 원년 팀보다 출발이 늦었던 신생 구단들은 많은 팬을 확보하는데 불리할 수밖에 없다. 그래서 언젠가부터 야구팬들은 'SSG 랜더스, 키움 히어로즈, NC 다이노스, KT 위즈'를 묶어서 홍참동이라는 표현을 쓰기 시작했다. 누군가는 피해의식이라고 할 수 있겠지만, 이 네 팀 팬들이 느끼는 상대적 박탈감은 분명 존재한다. 예를 들어 홍행구단이 이겼을 때는 수훈 선수 인터뷰를 두 명이나 하는데, 비인기구단이 이겼을 때는 수훈 선수 인터뷰가 아예 없는 식이다.

나는 어려서부터 비인기구단 태평양 팬이었다. 전라도와 경상도 같은 지역색이 강한 팀들과 달리, 인천은 '우리 팀', '고향 팀'이라는 이미지가 옅었다. 심지어 지금처럼 모든 경기가 중계되는 시절도 아니었다. 태평양의 경우 해태나 롯데를 만나야만 TV에서 우리 선수들을 볼 수 있었다. 어렸을 때는 그게 참 이해가 안 돼서 불만이 많았는데, 어느 정도 사회의 이치를 깨닫는 나이가 되자 고개가 끄덕여졌다.

만약 하루에 다섯 경기가 열렸고, 1시간 하이라이트 프로그램이라면, 12분씩 배분하는 게 공평할 것이다. 하지만 방송국도 이윤을 좇고, 영업 이익을 내야 하는 기업이라는 걸 잊으면 안 된다. 당장 백화점 내 매장 위치만 봐도 철저히 자본주의 논리에 의해 정해지지 않는가. 극단적으로 제일 막내 구단인 KT

와 NC가 1점 차 명승부를 펼쳤고, 같은 시간 KIA는 긴장감 없이 10:0으로 이겼다고 치자. 그럼에도 불구하고 다음 날 시청률은 KIA의 경기가 더 잘 나왔을 거라고 확신한다. 날마다 야구가 열리고, 날마다 시청률을 경쟁하는 스포츠 채널에 홍참동을 인기구단과 동일하게 챙겨달라는 요구는 그래서 버겁다. 그것은 마치 당신 식당에서 김치찌개가 너무 잘 팔리니, 오늘은 김치찌개는 팔지 말고 된장찌개를 팔라는 것과 같은 말이다.

이러다 보니 스포츠 채널이나, 프로야구 흥행을 책임져야 하는 KBO 모두 인기구단들을 선호하는 풍조가 있다. 이에 반발심을 느낀 비인기구단 팬들이 우리 넷이 나란히 포스트시즌에 진출해 흥행을 참패시키자는 자조 섞인 동맹이 결성된 것이다. 실제로 〈야구잡썰〉을 하다 보면 차별받았다고 느낀 홍참동 팬들이 장문의 댓글로 하소연하곤 한다. 그때면 나도 홈팬보다 원정팬이 더 많았던 도원구장이나 초창기 문학구장이 생각나서 감정이입이 되곤 했다. 근데 정작 2022년에 〈야구의 참견〉이라는 프로그램을 맡자, 자가당착에 빠졌다. 분명 〈야구잡썰〉에서는 비인기구단이 소외되는 행위를 비판해 놓고, 〈야구의 참견〉 회의에서는 아이템 선정에 있어서 인기구단을 선호하는 분위기에 강하게 반대할 수 없었다. 그들에게는 직장이고, 타사와 치열하게 경쟁하는 전쟁터이며, 그 스코어가 인사 평가에 반영되는 현실적인 문제였으니까. 그런데 거기서 내가 계속 형평성만 외친다면 철없는 이상주의자에 불과했을 거다.

하지만 방송국과 KBO는 다를 수 있다. 물론, 지금 당장 흥행구단인 엘롯기(LG, 롯데, KIA)가 포스트시즌에 진출한다면 눈앞에 달콤한 열매가 맺힐 것이다. 하지만 KBO리그의 더 큰 미래를 내다본다면 생각의 전환도 필요하다. 더 많은 열매가 맺을 수 있게 씨를 뿌려야 한다. 지금처럼 홍참동이 올라올까 걱정하는 분위기가 아니라, KBO리그 10팀 중 어느 팀이 올라와도 만원 관중을 기록할 수 있는 경쟁력 있는 리그로 거듭나야 한다. 홍참동 구단들을 통해 야구팬이라는 전체 파이를 더 넓힐 방법을 찾아야 한다는 것이다. 쉬운 예로 방송국과 중계권 협상을 할 때, 모든 팀에게 동등한 수훈 선수 인터뷰 시간을 할애할 것 같은 조항 말이다. 그래서 그 인터뷰를 본 창원 혹은 수원에 사는 꼬마가 새롭게 야구팬이 될 수 있게 홍참동도 꾸준히 노출시켜야 한다.

김성근 감독 시절의 SK는 많이 이겼고, 언론의 관심을 많이 받았다. 그때는 몰랐는데, 지금 와서 보면 수많은 '인천 야구 키즈'의 씨앗이 뿌려지는 순간들이었다. 그리고 슬린이*들이 자란 2022년에는 인천 연고팀 사상 처음으로 홈 관중 1위를 기록하기도 했고, 2023년에는 100만 관중을 돌파하기도 했다. 적어도 인천에서는 야구팬의 파이가 커졌다고 확신할 수 있다. 최근 막내 구단 NC와 KT가 연달아 우승했다. V1에 열광했던 꼬마들은 충성도 높은 야구팬으로 무럭무럭 자랄 것이다. 그래서 KBO 리그 50주년, 더 나아가서 60주년이 됐을 때는 인기구단과 비인기구단으로 구분하지 않았으면 좋겠다. 대신 저마다 역사와 색깔을 가진 10팀이 격돌하는 리그가 된다면 얼마나 좋을까.

그러기 위해서 KBO는 지금부터 어떤 노력을 해야 할까?

---

* SK를 슬이라고 읽고, 거기에 어린이를 합성한 단어.

6회

야구는 투수

처음 야구와 비슷한 운동을 해본 건, 초등학교 1학년 태권도 학원에서였다. 자유시간이 되면 공을 던져주고 발차기 발판으로 뻥 치면서 뛰어놀았다. 그런데 그때 공을 너무 세게 던지면 상대가 칠 수 없으니 흔히 말하는 아리랑 볼, 그러니까 손을 아래에서 위로 회전하면서 포물선을 그리듯 던져야 하는 게 우리들의 규칙이었다. 정해진 규칙 안에서도 그 또래 남자애들이 그렇듯 이기려면 어떻게든 상대가 못 치는 공을 던져야 했다. 그래서 언제나 운동을 제일 잘하는 친구가 투수를 맡았다. 아마도 이때 야구에서 투수가 제일 중요하다는 가치관이 처음 정립된 것 같다.

태평양 팬이 되자 내 생각에 더욱 확신이 생겼다. 당시 태평양은 김경기, 김동기 정도를 제외하고는 내세울 만한 타자가 없었다. 오직 투수 힘만으로 성적을 냈다. 그래서 인천 연고지 특성을 덧붙여서 '짠물 야구'라는 애칭도 얻게 됐다. 김성근 감독의 SK 시절도 크게 다르지 않았다. 4년 연속 한국 시리즈에 진출해 세 번의 우승을 차지하는데 '벌떼 야구'*를 빼놓을 수 없다. 짠물 야구든 벌떼 야구든 야구에서 순위를 좌우하는 건, 투수라는 말이었다. 이건 비단 경험에 의한 내 생각만이 아니다. 어려서부터 들어온 해설위원의 중계나, 선수와 감독의 인터뷰에서도 언제나 투수의 중요성을 언급했다. KBO에서 가장 많은 안타를 친 박용택조차 야구에서 타자가 아닌 투수가 더 중요하다고 말했다.

그런데 〈야구잡썰〉에서 자꾸 투수보다 타자가 더 중요하다는 의견이 새어 나왔다. 처음에는 방송의 재미를 위한 콘셉트라

＊　불펜을 중심으로 여러 명의 투수를 운영해 전략을 극대화하는 방식

고 생각했다. 그런데 매주 얘기를 나누면 나눌수록 그의 신념이라는 걸 알게 되자, 그냥 넘어갈 수 없었다. 물론 세상에는 다양한 의견과 생각이 존재하며, 그 다양성을 존중하는 사회가 되어야 한다. 하지만 아직도 지구가 평평하다고 믿는 사람이 있다면, 그 사람에게는 생각이 다른 게 아니라 틀렸다는 걸 알려줘야 한다. 그래서 잘못된 정보가 퍼져나가는 걸 막아야 한다. 가짜뉴스가 사회를 얼마나 혼란스럽게 하는지 우리는 다 겪어보지 않았던가?

야구팬이면 누구나 한 번쯤 들어본 말이 있다. "야구는 투수놀음이야."

이건 정론이다. 세상 사람들이 정론이라고 받아들이는 건 보통 다 이유가 있다. 특히 요즘처럼 과학 기술이 발전한 현대 사회에서는 충분한 근거와 데이터가 없는 주장은 바로 반박당한다. 세계 최고 리그로 꼽히는 미국의 메이저리그는 무려 150년이 넘는 역사를 자랑한다. 그 역사 동안 투수는 선발, 중간, 마무리라는 보직이 생겼다. 선발 5인 로테이션이라는 개념도 자리 잡았다. 최고 타자를 4번이 아닌 2번 타순에 두는 '강한 2번'도

대두됐다. 또 현대 야구에서는 세이버메트릭스sabermetrics라는 수학적 통계의 영역을 접목해 출루율과 OPS의 가치가 높아졌다. 무슨 말을 하고 싶은 거냐면, 메이저리그는 늘 변화를 두려워하지 않고 발전해 왔다는 거다. 만약 정말 투수보다 타자가 더 중요하다는 결론을 도출했다면 "야구는 타자놀음이야"가 정론으로 바뀌었을 거다. 150년의 데이터가 축적됐지만, 여전히 야구에서 타자가 투수보다 중요하다는 근거를 찾지 못했다. 즉, 새로운 방식과 다양한 접근을 시도했지만 그래도 바뀌지 않는 게 투수의 가치라는 것이다. 하여 "야구는 투수놀음"이라는 말이 사라지지 않은 채 2023년에도 구전되는 것이다.

지금부터는 투수가 타자보다 중요한 1,010가지 이유 중 대표적인 몇 가지를 소개할까 한다.

한국야구는 2008년 베이징 올림픽 금메달, 2009년 WBC 준우승으로 그 위상이 올라갔다. 여기서 나는 류현진과 김광현, 원투펀치의 존재를 빼놓을 수 없다고 생각한다. 훗날 메이저리그에서 평균자책점 1위에 오르는 류현진이 있었기에 대한민국 대표팀은 어느 나라와 붙어도 승산이 있었다. 그래서 2010년대 최강팀은 김성근 감독의 SK가 아니라, 류현진이 선발 등판하는 한화라는 말도 있다. 투수 한 명이 팀의 등급을 몇 단계나 끌어올릴 수 있는 셈이다. 비슷한 예로 2023시즌 키움은 리그 최하위였다. 하지만 안우진이 선발 등판하는 키움을 만만하게 볼 수 있을까? 키움 타자들은 똑같은데, 왜 안우진이 던질 때와 5선발이 던질 때 기대하는 바가 달라질까? 이는 투수가 승패에 가장 큰 영향을 끼친다는 얘기다.

　야구는 한 점이라도 점수를 내야지 승리하기 때문에, 점수를 내는 타자가 중요하다는 주장도 있다. 투수는 팀을 이기게 하지 못한다는 논리다. 하지만 반대로 투수는 팀을 지게 할 수 있다. 선발투수가 1회부터 제구가 흔들리면서 흔히 말하는 '볼질'을 하면 타자는 아무것도 할 수 없다. 야수가 된 타자들은 그저 지켜만 볼 뿐이고, 그러다 집중력이 떨어진 야수들이 실책하고 대량 실점하는 걸 우린 자주 봐왔다. 그러면 경기 시작부터 전의를 잃게 된다. 더욱이 나오는 선발투수마다 이런 일을 반복한다면, 뒤이어 나오는 구원투수들은 더 자주, 더 많이 던지게 되고, 과부하에 걸린다. 왜? 사람 어깨는 소모품이니까. 그러면 당장 던질 투수가 없는 팀, 계산이 안 서는 팀, 그래서 구원할 수 없는 팀으로 추락할 뿐이다.

그러므로 모든 야구인은 좋은 투수를 얻기 위해 혈안이다. 좋은 투수만이 긴 시즌을 치르는데, 팀 성적을 지켜줄 가장 확실한 보험이니까. 야구 격언 중에 좌완 파이어볼러(강속구 투수)는 지옥에서라도 데려온다는 말은 있어도, 홈런 타자를 얻기 위해 지옥에 간다는 말은 없다. 그래서 실제 2023년 KBO 신인 드래프트에서는 전체 1순위부터 9순위까지 모두 투수가 뽑혔다. 1라운드에서 투수를 제치고 야수를 뽑았을 때 화제가 되는 것도 그 이유다. "얼마나 대단한 야수길래, 감히 투수보다 먼저 뽑은 거야?" 역설적으로 투수의 위상을 확인할 수 있는 단면이다.

숫자로 보면 더 간단하다. 야구는 실패의 스포츠라고 한다. 왜냐하면 타자는 열 타석 중 세 번만 안타를 쳐도 3할 타자라고 고액의 연봉을 받는다. 아무리 좋은 타자라도 30%의 성공 확률을 기대하는 꼴이다. 그 말을 뒤집으면 타자를 상대하는 투수는 70% 이상의 성공 확률을 기대할 수 있다. 30% vs. 70%의 싸움, 압도적으로 야구는 투수가 유리한 종목이라면, 난 좋은 투수를 골라서 70% 확률을 더 높이겠다. 또한 상대편으로 투수 오타니와 타자 오타니를 만났다고 가정해 보자. 상대 선발 투수로 오타니가 나오면 최소 6이닝이 삭제되는 동안 할 수 있는 게 없다. 반면, 타자 오타니를 만난다면? 타석마다 고의사구로 거르면, 반대로 오타니가 할 수 있는 게 없다.

　이 정도 설명해 줬으면, 최소한 나는 할 만큼 했다고 생각한다. 이래도 여전히, 현재까지, 놀랍게도 '야구는 타자다'라는 사이비 이단을 믿는다면? 그건 나도 어쩔 수 없다. 타격 자세의 문제점을 지적해 줬는데도, 자기 자세가 정답이라고 오히려 반복 연습하는 선수한테 무슨 말을 더 해줄까?

나는 야구를 좋아했지만, 운동 신경은 좋지 않았다. 빠르게 주제 파악을 한 이후에는 한 번도 야구 선수를 꿈꾸지 않았다. 그런데 고모네를 가려고 대학교를 지나가다가 우연히 야구 유니폼을 입은 사람들을 봤다. 프로야구팀이 아니라, 생전 처음 보는 유니폼에 네 살 많은 대학생 누나한테 저게 뭐냐고 물어봤다. 누나는 대학교 동아리 야구라고 설명해 줬다. '아, 프로야구 선수가 아니어도 야구를 할 수 있구나' 사춘기 소년의 가슴이 뛰기 시작했다.

2001년 고3이 되고 2학기 수시에 합격하자, 내 마음은 이미 사회인 야구장에 가 있었다. 검색을 통해 찾은 인천 사회인 야구팀에 미리 연락을 해뒀다. 수요일에 수능을 보자마자, 그 주 일요일에 연습하러 나갔다. 친구들이랑 동네 야구를 할 때는 테니스공을 갖고 놀았는데, 처음 진짜 야구공으로 캐치볼을 했다. 당시에는 어떤 정보도 없을 때라 갖고 있던 비닐 글러브를 끼고 있었는데, 끈이 끊어지면서 크게 다칠 뻔했다. 그래도 너무 신기하고 설렜다. '내가 야구를 하다니!' 매주 일요일이 기대됐다. 근데 문제가 생겼다.

마음이 일찍이 콩밭에 가 있던 탓일까. 수능 성적이 나왔는데, 최저 학력 기준을 통과하지 못한 것이다. 붙었던 수시가 떨어졌다. 재수해야 하나? 하지만 그해가 2002년이었던지라, 한일 월드컵을 못 본다는 것과 사회인 야구를 못한다는 걱정이 앞섰다. 그래서 일요일에 총무 형을 만나 상황을 말했다. 그랬더니 형은 "뭐가 문제야?" 반문했다. 재수해도 일주일에 야구 한 경기 정도는 하면서 머리를 식힐 수 있지 않냐며, 네가 하고 싶으면 하라고 했다. 난 대학생이 되면 알바 하면서 야구용품도 사고, 회비도 내려고 했다고 솔직하게 말했다. "학생이니까 회비는 면

제고, 야구용품은 형들 쓰던 거 물려받아" 그러면서 팀원들한테 연락을 돌려 신던 야구화와 글러브, 야구장갑 등을 모아서 줬다. 불과 서너 번 남짓 같이 연습했을 뿐인데, 내가 뭐라고. 이제 막 스무 살이 된 청년이 감동하기에 충분한 팀워크였다.

다행히 100% 내신 성적으로 진학할 수 있는 대학이 있었다. 덕분에 재수는 안 했고, 사회인 야구는 계속했다. 다소 아쉬운 건, 경기를 만족스럽게 뛸 수 없다는 거였다. 그 팀은 내가 검색했을 때 제일 먼저 나왔을 정도로 역사가 오래된 팀이 보니, 인원수가 엄청났다. 그래서 총무 형을 맏형으로 또래 형들이 직접 팀을 창단하기로 했다. 팀 이름은 막내인 내가 정했다. '2G' 투지라고도 읽고, 이지easy라고도 읽는다. 쉽고 투지 있는 야구를 하자는 바람이었다. 다 같이 유니폼 디자인을 고르고, 회비를 모아서 포수 장비를 사니 정말 내 팀이라고 여겨질 수밖에 없었다.

아홉 명이 하는 야구에서 팀원이 열 명뿐이라 똘똘 뭉쳤다. 맏형을 제외하고 전원 미혼이었기에 언제나 사회인 야구가 주말 약속 1순위였다. 덩달아 팀 성적도 좋았다. 사회인 야구의

3부 리그는 중·고등학교 때 야구부에 든 적이 없는 순수 아마추어만 출전하는 리그다. 그런데 2G가 창단 첫해인 2003년, 이스바 3부 리그 결승전에 오른 것이다. 결승전이 열렸던 곳이 태평양 홈구장으로 썼던 도원구장이라 감회가 새로웠다. 9대 3으로 앞선 7회 말 마지막 수비. 투아웃 이후 상대 타구가 2루수였던 나한테 굴러오기 시작했다. 이미 주위에서는 우승을 확신하는 환호성이 들렸고, 나는 침착하게 잡아서 1루에 송구했다. 생애 첫 우승의 순간이었다. 또 2011년에는 서해리그 2부와 홍예문 3부 리그를 참가했는데, 2관왕에 오르기도 했다. 특히, 서해리그에서도 마지막 아웃카운트가 우익수였던 내 글러브에 공이 들어오면서 끝났다.

그즈음 나는 KBS 스포츠국에서 일했다. 내가 야구를 좋아한다는 걸 아니까 '트리플스'라는 사내 야구 동아리에서 같이 뛰자는 제안을 받았다. 경기가 없는 주에도 무조건 모여서 펑고를 받았던 2G와 달리, 트리플스는 자유로운 동호회 분위기였다. 나이 많은 형님부터 신입사원들까지 그저 야구가 좋아서 즐기는 팀이었다. 2G에서 9번을 쳤다면, 트리플스에서는 주로 1번 타자로 나섰다. 내가 속한 팀에 따라 부담감이나 집중력이 달라지는 걸 직접 겪었다. 그러다 보니 프로 선수들이 이적 후 왜 전혀 다른 선수가 되기도 하는지 이해할 수 있었다. 얼마 지나지 않아 투수가 하고 싶은 날쌘한 현재가 입단했다. 또 시간이 지나서는 5툴 플레이어 현호가 들어와서 1번 타자 자리를 빼앗았다.

하지만 결혼하자 사회인 야구에 점점 소홀할 수밖에 없었다. 일단 인천을 떠나 신혼집을 구했기에 주말마다 야구를 하겠다고 인천에 가는 건 불가능했다. 새로운 동네에서 새로운 팀을 찾아봤지만, 막상 이런저런 이유로 '내 팀'이 생기지 않았다. 무엇보다 난 운동 신경이 좋은 편이 아니라, 반복 훈련으로 겨우 내가 만족하는 수준의 야구를 할 수 있는 깜냥이었다. 그런데 육아까지 시작되자 연습은커녕 경기조차 참석하는 게 버거웠다. 오랜만에 야구를 하러 나갔다가 아쉬운 플레이로 스트레스만 더 쌓인 채 돌아오곤 했다. 은퇴식도 없이 끝나는 대다수의 선수처럼 나 또한 조용히 사회인 야구 유니폼을 벗었다.

그래도 사회인 야구로 얻은 게 참 많았다. 만약 누가 사회인 야구를 할지 고민 중이라면, 해보라고 추천하고 싶다. 야구를 직접 하면 야구를 보는 시선이 더 넓고 깊어진다. 예를 들어, 내가 2루수면 직관 가서도 눈이 2루수한테 고정된다. 이닝 교대 때나 견제 때 2루수가 어떻게 움직이고 무슨 행동을 하는지 시선이 오직 거기에만 집중된다. 그러다 보면 왜 공을 잡기도 전에 던질 생각부터 하다가 실책 하는지, 몸을 피했던 커브볼에 루킹삼진 당하는지 이해할 수 있다.

또한 유대감이 아주 강한 집단을 얻는다. 직장인이 되면 꽤 친했던 친구조차 한 달에 한 번 보기도 힘든 게 현실이다. 그런데 일주일에 한 번씩 보는 사이라니? 그것도 야구라는 같은 취미를 공유하면서. 내 근황을 가장 잘 알고, 서로의 대소사를 가장 잘 챙기는 사이가 될 수밖에 없다. 무엇보다 평생 얻을 수 없는 경험을 할 수 있다. 홈런의 짜릿함, 탈삼진 후에 나오는 포효, 우승하고 '위 아 더 챔피언스We are the champions'를 듣는 벅찬 감동, 이건 사회인 야구를 했기에 느낄 수 있는 감정들이었다.

그래서 나의 이십 대 주말을 온전히 사회인 야구에 쏟아부었던 것에 후회가 없다. 그때의 우리는, 그때의 나는 누구보다 뜨거웠으니까.

8회

야구와 게임

초등학생 때 점심시간마다 할 수 있는 축구와 달리, 야구는 정말 하기가 힘들었다. 풀 포지션인 아홉 명까지는 아니더라도 외야에 사람이라도 있으려면 꽤 많은 인원이 필요했다. 또 글러브와 방망이 같은 장비도 필수였다. 더군다나 방망이를 휘두르니 위험했고, 타구가 어디로 날아갈지 모르니 공간도 충분해야 했다. 그렇게 벼르고 벼른 날에 '드디어 한 경기 하는구나' 했다가 비가 와서 하늘도 울고 나도 울었던 기억이 있다.

그러던 어느 날, 586 컴퓨터가 있는 친척 형네에 갔다. 지금은 노트북과 태블릿에 그 위상을 내줬지만, 당시 남자애들에게 컴퓨터는 로망이었다. 형은 '페르시아의 왕자'라는 게임을 시켜줬지만, 내 반응은 시큰둥했다. 그러자 형은 분위기를 바꾸려고 '하드볼5'라는 야구 게임 CD를 넣었다. 신세계였다. 내가 투수가 돼 방향키로 구종을 선택하면 놀랍게도 그 공을 던졌다. 게임 속 케빈 브라운Kevin Brown이 던진 공의 궤적을 보면서 나는 싱커가 어떤 방향으로 휘는지 배웠다. 무엇보다 사람이 많이 안 모여도, 글러브나 방망이가 없어도, 심지어 비가 와도 할 수 있는 야구 게임은 정말 매력적이었다.

그 후 나는 국민팀 LA 다저스를 골라 박찬호로 20승 투수를 만드는 재미에 푹 빠졌다. 그런데 더는 하드볼 시리즈가 발매되지 않았다. 최신 선수 명단으로 업데이트가 되지 않자 흥미를 잃었다. 그런데 하드볼 개발진이 회사를 옮겨서 만든 야구 게임이 새롭게 출시됐다는 소식을 접했다. 그게 바로 '하이 히트 베이스볼'이었다. 사실 이 게임과 얽힌 가슴 아픈 사연도 있다. 인천에 살았던 나는 용돈을 모아 게임 CD를 사러 용산역에 갔다. 도착하니 플랫폼 통로에 돗자리를 깔고 게임 CD를 파는 노점상이 있었다. 아저씨는 뭐 하러 비싼 돈 주고 매장에 가서 사냐고 호객행위를 했다. 세상 물정 몰랐던 나는 같은 돈으로 '하이 히트 베이스볼'과 'NBA LIVE'를 둘 다 살 수 있다는 말에 홀딱 넘어가 불법 복제 CD를 사서 돌아왔다. 그리고 잔뜩 기대에 차 CD를 컴퓨터에 넣었을 때, 아무것도 없는 공 CD라는 걸 알게 됐다. 내가 당한 처음이자, 마지막 사기였다. 그 아저씨는 지금 부자가 돼서 잘 살고 계실까?

반대로 세상을 이롭게 하는 어둠의 능력자들도 있었다. '하이 히트 베이스볼'은 분명 메이저리그 기반의 게임인데, 패치를 받아서 깔면 무슨 요술을 부렸는지 KBO리그 8팀과 선수들로 바뀌었다. 덕분에 처음으로 내가 아는 이름의 선수들로 야구 게임을 즐길 수 있었다.

중·고등학교 시절에는 컴퓨터로 게임을 즐겼다면, 군대를 다녀온 후에는 PSP를 들고 다녔다. 휴대용 게임기의 시대로 바뀐 것이다. 야구 게임 역시 'MLB The Show'로 바뀌었다. 요즘 스마트폰 세대는 공감을 못 하겠지만, 긴 통학 시간에 정말 할 게 없었다. 32메가 MP3에는 고작 8곡 정도 넣을 수 있어서 금세 지겨워졌다. 심야 버스는 내부 조명을 어둡게 해 책도 읽을 수 없었다. 그런데 버스에서 즐기는 야구 게임이라니? 축복이었다.

　세상은 또다시 빠르게 변했고, 스마트폰 시대가 되니까 모바일 야구 게임들이 앞다투어 출시됐다. 그럴 때마다 나는 망설임 없이 SK 와이번스를 골랐다. 김광현의 역동적인 투구폼이 구현돼 던지는 맛이 났기 때문이다. 그런데 모바일 게임 시대로 넘어오면서 야구 게임의 방향성도 바뀌었다고 느꼈다. 예전에는 내가 다저스를 고르면, 다저스 선수들로 리그 경기를 하는 게 메인 콘텐츠였다. 그런데 언젠가부터는 내가 SK를 고르면, SK 선수들을 모으는 게 메인 콘텐츠가 된 기분이다. 매일 퀘스트를 숙제처럼 풀고, 보상으로 받은 랜덤 카드에서 내가 필요한 선수를 뽑아 한 명씩 채워가는 재미. 그 시간을 줄이고 싶으면 흔히 말하는 현질을 하면 된다. 즉, 컴퓨터 게임 시대에는 CD 한 장을 사면 끝이었다. 하지만 모바일 게임 시대에는 게임은 누구나 공짜로 즐길 수 있는 대신, '제대로' 즐기고 싶으면 아이템을 사기 위해 돈을 써야 한다. 그것도 계속해서. 하긴 야구 산업도 FA 제도가 생기고, 굿즈 출시는 필수가 됐는데, 게임 산업이라고 영리해지지 않을 리 없다.

　그래서 SK 선수들을 열심히 수집했다가 오히려 다 모으자 흥미가 떨어져서 게임을 지웠다. 그런데 더는 야구 게임을 하지 않겠다던 결심이 무색하게 〈야구잡썰〉이 '컴투스 프로야구 2023'의 PPL을 받았다. 내가 예전에 했던 게임에 이벤트 공지가 올라왔는데, 거기에 내 이름이 있는 생경함. 내가 뭐라고? 〈야구잡썰〉을 한 덕분에 아직도 적응이 안 되는 순간들을 맞이하곤 한다. 어쨌든 이번에는 2022년 SSG 랜더스 우승의 주역들을 모으기 시작했다. 그러면서 내 생각이 바뀐 것도 있다. 난 어려서부터 야구 게임을 선택할 때 얼마나 '진짜 야구'처럼 느껴지는지가 1순위 평가 기준이었다. 그런데 모바일 야구 게임을 직접 해보니까 현실성만큼 중요한 게 있었다. 그건 지하철에서 왼손으로는 손잡이를 잡은 채 오른손만으로도 할 수 있는 편의성이다. 컴퓨터 → 콘솔(게임기) → 스마트폰으로 환경이 바뀔 때마다 야구 게임 역시 살아남기 위해 변화를 선택해 왔겠구나 싶었다. 마치 젊었을 때 강속구 투수로 명성을 날렸던 선수가 나이가 들어 살아남기 위해 기교파 투수로 변신하듯 말이다.

이렇게 쭉 쓰다 보니까 내가 야구 게임을 꾸준히 해왔다는 사실에 스스로 놀랐다. 학창 시절 난 스타크래프트에도 별 관심이 없었다. 심지어 와우(월드 오브 워크래프트)나 롤(리그 오브 레전드)처럼 시대를 대표하는 게임도 아예 해본 적이 없다. …잠깐! 그렇다면 나는 야구 게임에서 '게임'을 좋아했던 게 아니라, '야구'를 좋아했던 게 아닐까?

9회
야구와 국가대표

2023년에는 야구와 어울리지 않게 국가대항전이 많았다. 봄에는 WBC가, 가을에는 아시안게임이, 시즌 후에는 APBC가 있었다. 특히, 기대가 컸던 WBC 결과가 좋지 않으면서, 한국 야구는 우물 안 개구리라는 비판을 피할 수 없었다. 그런데 내 생각은 좀 다르다. 우물 안 개구리면 좀 어떤가? 그 우물 안에서 선수도 팬도, 모두가 행복하다면 문제 될 게 없지 않나?

하지만 안타깝게도 최근 몇 년간 대표팀 소집이 있을 때마다 크고 작은 논란이 있었다. 물론, 어느 구기 종목이든 몇몇 포지션에서 의견이 엇갈리기 마련이다. 또한 한두 자리 정도는 팀을 이끌 감독의 취향을 존중해야 할 필요도 있다. 하지만 최근 야구 대표팀은 그런 문제가 아니었다. 선수를 뽑을 때마다 기준이 모호했다. 누구는 최근 컨디션이 좋지 않아서 탈락했지만, 누구는 최근 컨디션이 안 좋아도 발탁됐다. 이중잣대를 지켜보는 팬들의 불만의 목소리가 나오는 건, 당연했다. 우물 안이 행복하지 않았다.

그래서 난 현재 리그에서 제일 잘하는 선수를 뽑는 게 대원칙이어야 한다고 생각한다. 어떻게 보면 너무나 당연한 말이다. 왜냐하면 실제로 올림픽 때, 다른 종목은 선발전을 통해 뽑는다. 양궁의 경우 올림픽 2관왕조차 선발전에서 기량이 올라오지 않으면 떨어진다. 그런데 야구는 어떤가? 리그에서 계산이 서는 선발투수로 꾸준하게 활약했던 유희관은 끝내 한 번도 태극마크를 달지 못했다. 18승, 그해 국내 선발 WAR 3위라는 숫자를 애써 외면하고 다른 사족을 달았다. "걘 공이 느려서 국제 대회에서는 안 통할 거야." 그렇다면 왜 리그 타자들은 유희관을 공략 못 했던 것일까? 이건 기술위원회가 스스로 KBO리그를 인정하지 않는 처사다. 리그의 가치를 떨어뜨리는 행위다.

또 2021년에 열린 도쿄 올림픽에서는 전반기 내내 최고 성적을 거둔 2루수 정은원을 뽑지 않았다. 그 이유로 멀티 포지션을 소화 못 하고, 대표팀 경험이 없다는 점을 불안 요소로 꼽았다. 아니, 리그에서 가장 잘하는 2루수일 때도 대표팀에 뽑아주지 않으면 그 선수는 대체 언제 대표팀 경험치를 쌓을 수 있을까? 경험, 경험, 경험만 신뢰한다면 세대교체는 어떻게 이뤄질 수 있을까? 그래도 다행히 이 부분은 대표팀 분업화로 해결책을 모색한 것 같다. 올림픽과 WBC는 최정예 멤버로, 아시안게임과 APBC는 나이나 연차 제한을 둬 국가대표팀의 새 얼굴을 찾겠다는 의지를 보여줬다.

국가대표 선발 과정에서 또 하나의 문제는 '자격'이다. KBO리그는 600여 명이 속한 대규모 집단이다 보니 학교폭력, 음주운전, 금지약물 등 물의를 일으킨 선수들도 뛰고 있다. 어쨌든 규정대로 처벌받았으니까 그들이 뛰는 걸 지적하지는 않겠다. 설사 그 선수가 잘해서 타격왕에 오른다고 해도 어쩔 수 없는 일이라고 생각한다. 하지만 그 선수가 잘해서 대표팀에 뽑히는 건, 명백히 문제라고 생각한다. 왜냐하면 대한민국 야구대표팀이 전 국민의 응원과 지지를 온전히 받기를 바라는 마음 때문이다. 예를 들어, 학교폭력 피해자가 학교폭력 이력이 있는 선수를 국가대표라는 이유로 응원해야 한다면? 애초에 안 뽑아서 이런 상황을 만들지 말자는 주장이다. 같은 의미로 기자단 투표로 뽑히는 MVP도 약물 이력이 있으면 알아서 배제하는 문화가 형성됐으면 한다. 그래야 프로야구 선수를 꿈꾸는 유망주가, 혹은 젊은 선수들이 여러 유혹에 흔들릴 때 거절할 수 있는 작은 명분이라도 돼주지 않을까?

돌이켜보면, 국제 대회의 우수한 성적이 언제나 리그 흥행으로 이어졌다. 박찬호 키즈, 박세리 키즈라는 말이 있듯이 태극마크를 단 영웅은 어린이들이 야구를 시작하게 되는 계기가 되어준다. 그렇게 야구를 시작한 어린이 중에서 또 다른 영웅이 탄생하고, 그 영웅을 보고 열광한 팬이 생기는 선순환 구조가 만들어지는 것이다. 그런데 잘 생각해 봐야 할 점이 있다. 우리나라 출산율이 급격히 저하됐다는 것이다. 이에 따른 문제가 사회 전반적으로 제기될 수 있는데, 야구도 예외일 수 없다. 아이를 안 낳거나, 한 명을 낳는 문화. 심지어 그 한 명이 아들이어야지만 야구 선수를 시킬 수 있는 조건이 된다. 그런데 그 귀한 외동아들한테 야구를 시켰더니, 예전 운동부처럼 맞고 온다? 그런 악습과 관행이 청산되지 않는다면 요즘 세상에 누가 하나뿐인 내 새끼를 야구부에 넣겠는가?

　야구라는 산업을 위해서는 한 명이라도 더 많은 인재가 글러브를 끼게 해야 한다. 그러려면 KBO리그, 그중에서도 국가대표는 누구나 동경하는 존재여야 한다. 이 점을 현역 선수들을 비롯해 일명 야구인들이 명심해야 할 것이다. 스트라이크 판정도 기계가 대신할 준비를 할 만큼 세상은 빠르게 변하고 있다. 그 눈높이에 맞추지 못한다면, 그들만의 리그로 전락할 것이다. 부디 내가 사랑하는 야구가 더 오래, 더 많은 사람한테 사랑받길 바란다.

야구와 수필

처음 〈야구잡썰〉이라는 이름으로 에세이를 출간하자는 제안을 받았을 때 강한 거부감이 들었다. 나는 직업이 작가인데, 지금 쓰고 있는 대본 말고도 또 다른 원고를 써야 한다는 사실이 무척 부담스러웠다. 그건 마치 야구 선수한테 쉬는 날이니까 스크린 야구나 하면서 놀자는 것과 비슷할 것이다. 하지만 야구도 〈야구잡썰〉도 팀 스포츠다. 내가 빠져서 무산되면, 나 때문에 누군가는 쓰고 싶은데 못 쓸 수 있다. 딱 이 정도 마음가짐으로 수락한 거라서 첫 장을 쓸 때만 해도 막막했다. 언제 다 쓰지, 괜한 짓을 했구나, 지금 와서 계약 파기는 안 되나? 후회가 싹쓸이 타구 때 홈으로 쇄도하는 주자들처럼 밀려 들어왔다.

그런데 쓰다 보니까 어느 순간부터 생각이 바뀌었다. 아빠가 날 혼자 야구장에 두고 갔던 게 5학년 때였다는 걸 알게 되고, 처음 사회인 야구 우승을 했던 추억이 되살아나기도 했다. 마흔 살, 아직은 어린 시절의 기억이나 메모가 남아있을 때 내가 살아온 길을 되짚으면서 정리해볼 수 있었다. 새삼 뜻깊은 시간이었다. 우리 아이들이 나중에 이 책을 읽고, 아빠를 좀 더 알 수 있지 않을까 기대도 됐다. 또 〈야구잡썰〉 구독자들도 김작가와의 내적 친밀감이 쌓여 한 발 더 가까워지지 않을까? 그거면 됐다.

1983년 7월 7일에 태어나서 2023년 10월 25일, 공교롭게도 SSG가 몇 시간 전 준플레이오프에서 탈락한 오늘까지. 새삼 내 인생에서 야구가 참 많은 부분을 차지했다는 걸 느꼈다. 어느 팀의 응원가처럼 "야구 없이는 못 살아~ 야구 없이는 못 살아~ 정말 정말 못 살아"다. 물론, 야구가 없었다면 오히려 더 잘 살지 않았을까 생각해 본 적도 있다. 하지만 그 역시 의미

없는 가정일 뿐. 우리는 잘 알고 있다. 어차피 야구나 인생이나

만약은 없다는 걸.

SAMSUNG
LIONS

BASE BALL

10시 10분의 인간화,
방무새

정현재

1화

일상의 야구 사용 설명서
(ver. 큰정PD)

평소 저녁을 6시 반쯤 먹는 편이다. 아내가 차리든 내가 차리든 저녁은 둘째가 집에 돌아오는 그 시간 즈음 먹게 된다(라디오 PD라는 직업의 좋은 점은 루틴이 상대적으로 일정하다는 것. 생방 때만 아니면 변수가 딱히 없어 원하는 시간대로 하루를 구성할 수 있다). 우리 집엔 여러 규칙이 있는데, 그중 하나가 가족이 같이 식사할 때는 영상을 보지 않는 것이다. 다시 말하자면, 평일 저녁 야구 경기의 시작은 웬만하면 같이 할 수 없다는 뜻이다. 혹 저녁이 조금 늦어져서 삼성 야구의 시작을 보더라도 식사를 시작하면 끄게 되고 대충 2, 3회 정도까지는 보지 못한다. 야구를 너무 너무 좋아하는 사람들은 그게 아쉬울 수도 있겠지만, 나는 그 시간이 크게 아깝지 않다. 애들, 아내와 즐거운 저녁 시간을 보내기 때문에? 맛있는 저녁을 먹을 수 있어서? 아니, 그냥 그지 같은 삼성 경기를 조금이라도 덜 볼 수 있기 때문이다.

주말에 두 시간 정도 아이들이 아동용 만화를 보긴 하지만, 우리 집 거실 TV는 대체로 야구 시즌에나 켜지는 편이다. 그런데도 60인치 TV를 거실에 떡하니 놓아둔 것은 아무래도 내가 야구를 봐야 하기 때문이다(60인치를 산 것도 야구를 좀 더 크게 보고 싶어서였다). 그게 〈야구잡썰〉 때문인지 내가 야구를 좋아해서인지 아직도 분간이 잘 가지 않는다.

이사올 때 '거실에 TV를 놓아야 할까'를 주제로 아내와 이야기한 적이 있는데, 오히려 아내보다 내가 갈팡질팡했다. 내가 야구를 보고 있으면 아이들이 거실에서 다른 활동을 하기가 어렵지 않을까, 동시에 내가 야구 보다가 화를 내거나 침울해지면 집안 분위기를 흐리지 않을까 하는 우려가 있었다. 아울러 내가 야구를 아예 안 볼 수가 있나? 암만 그지 같은 삼성 야구지만, 보면서 분명 화를 내겠지만, 아예 안 볼 수는 없을 것 같다는 우려(둘 다 우려다) 때문이었다. 그래도 〈야구잡썰〉을 해야 하니 '어쩔 수 없이' 야구를 봐야 하고, 그러려면 TV는 거실에 둬야 한다는 억지 결론이 난 것 같다(왜 꼭 거실이어야 했냐면 다른 방엔 60인치 TV가 들어갈 곳이 없기 때문이다).

역시나 거실 TV로 야구를 보다 보면 열불이 난다. 초구 한가운데 속구를 보고만 있는 타자에게도 화가 나고 볼질하고 있는 투수에게도 화가 난다. 1, 2루 간 땅볼로 안타를 친 타자한테도 만날 땅볼만 친다며 화가 나고, 무사 2루에서 번트 대라는 감독한테도 화가 난다. 낮은 볼 미트질에 영 관심이 없는 포수(주로 강민호다)를 보면서 화가 나고, 단타에 2루 주자를 3루에서 멈춰 세우는 주루 코치를 보면서도 화가 난다. 평범한 땅볼에 에러를 하는 2루수를 보면서 화가 나고, 강습 타구를 처리하지 못하는 3루수를 보면서 화가 난다. 땅볼 치고 1루에 헤드퍼스트 슬라이딩으로 들어가는 타자를 보고 부상 말고 얻을 게 뭐가 있냐며 화를 내고, 외야에서 콜플레이를 못해 안타 내주는 외야수들을 보며 소리를 더 크게 지르라고 화를 낸다. 심판 판정에 대해서는 최근 화가 좀 줄었는데(비디오 판독 덕이다) 그래도 어처구니없는 볼, 스트라이크 판정 때는 여지없이 화가 난다.

가만 보면 우리 팀이 역전 적시타를 칠 때 외엔 박수 치며 좋아하는 경우가 잘 없다. 만날 화만 내고 있는 느낌이다. 그러니 가끔 안방에서 아내(내가 야구 보고 있는 꼴이 보기 싫어 피신해 있는 느낌)가 소리를 지른다. "자꾸 그렇게 화낼 거면 야구 보지 마!" 그럼 또 입 꾹 닫고 속으로 화를 낸다.

간혹 TV로 야구를 못 본 경우엔 하이라이트를 본다. 2023 시즌 중반부터는 삼성 라이온즈에 정나미가 너무나 뚝 떨어져서 하이라이트고 뭐고 다 싫었지만, 그래도 일요일 밤이면 〈야구잡썰〉 생각에 의무적으로 보곤 했다. 그럼 또 하이라이트를 보면서 화가 나는데, 하이라이트는 쉽게 뒤로 돌려서 여러 번 볼 수 있기 때문에 더 정확히 보게 된다. 그러고는 더 정당성이 확보된 화를 낸다. 어쩌다 화를 내지 않고 웃을 때도 있는데, 너무 어이가 없는 플레이라 코웃음이 나올 때다.

평일에 어쩌다 삼성이 이긴 날은 다른 팀 경기 하이라이트도 챙겨본다. 뭔가 마음이 넉넉해진 느낌이랄까. 다른 팀 선수들을 볼 때면 다행히 화는 안 난다. 대신 훈수를 둔다. '아 한동희는 스윙의 시작이 잘못됐어. 박찬호는 살 좀 더 찌워야 돼, 조용호는 타이밍이 계속 늦네, 박성한은 스윙을 꼭 저렇게 해야 되

나. 김원중은 머리를 왜 저렇게 기르는 거야?' (이쯤 되면 내가 문제인 것 같기도 하지만 야구팬으로서는 정상이라 생각한다).

여가 시간에 유튜브를 볼 땐 미국 야구 하이라이트를 주로 본다. 유튜브에는 한국 야구 경기 영상이 별로 없기 때문이다. 유튜브 시청 시간이 길어질수록 MLB의 야구선수를 보는 시간도 길어진다. 그러다 보면 〈야구잡썰〉에서 자꾸 MLB 선수 얘기를 하게 된다. MLB를 많이 보다 보니, 그 선수들의 스타일이 눈에 익어 그것과 다른 스타일로 땅볼만 주구장창 쳐대는 선수를 보면 타박이 나오는 형국이다(야잡 멤버들이 왜 자꾸 메이저랑 비교하냐, 사대주의냐 하는데, 그럼 잘하는 애들을 보고 배우자고 해야지 홍콩, 중국 선수들 얘길 해야겠나).

미국 선수들의 연습 영상을 보다 보면 그들이 가서 배우는 코치들도 같이 보게 되는데, 유명한 선수 출신 코치는 그리 많지 않다. 명성이 높은 코치들은 유튜브를 홍보 수단으로 쓰지 않아도 되기에 그런 것 같은데, 그래도 선출 아닌 무명의 코치들에게 가서 배우는 유명한 현역 MLB 선수들을 보다 보면 이게 가능한 일인가 싶기도 하다. 끝장으로 야구 잘하는 선수들이, 선출도 아니고 나이가 많아 규정 배트도 잘 휘두르지 못하는 할아버지 코치에게 사사하는 모양새라니, 우리나라에서 있을 수 있는 일일까? (아마 팀 코치한테 가서 말도 못 꺼내지 않을까?)

주말에 사회인 야구를 하고 나면 내가 뛴 경기를 되돌려본다. 요즘엔 사회인 구장에도 다 카메라가 설치돼 있어서 두세 개 각도로 내 플레이를 돌려볼 수 있다. 못 친 건 왜 못 쳤나 싶어서, 잘 친 건 흐뭇한 마음에 계속 돌려본다. 수비도 마찬가지. 주말 내도록 돌려보다가 평일 넘어와서도 화장실 같은 데 앉아 있다 보면 문득 생각나서 다시 보곤 한다. 나만 그럴까? 직접 야구하는 사회인들 다 비슷하지 않을까? 그래서인지 요즘 사회인 선수들 실력이 10년 전에 비해 괄목상대한 느낌이다. 다들 실력이 늘어 경기를 이기기가 쉽지 않다.

예전엔 '야구는 짬밥'이라고 야구 오래 한 형님들 많은 팀이 (폼은 좀 그래도) 방망이 하나는 기똥차게 돌려서 젊은 팀보다 잘하는 분위기였다. 그러나 요즘 20대들은 어려서부터 클럽 야구를 통해 체계적으로 배운 친구들이 많아서인지 더 잘하는 것 같기도 하다. 이래저래 쉽지 않아 우리 팀 성적이 썩 좋지 않다. 예전엔 내가 속한 팀들은 별일 없으면 플레이오프까진 올라가곤 했는데 말이다. 그중 15년 몸담은 회사팀 '트리플스'(스포츠 PD·스포츠 기자·아나운서 세 직종이 합심해서 만들었다. 나는 꼽사리로 들어갔다. 구성이 저러하니 현호는 입사와 동시에 자동 가입됐다. 그 전부터 형민이도 이 팀에서 같이 뛰었다)는 리그 최종 우승도 여러번 했었는데, 최근 몇 년째 플레이오프에도 못 올라가는 느낌이다. 회사 밖의 팀은 작년 후반기리그 4승 4패로 진즉에 플옵에서 떨어졌다(내 탓인가…).

인스타그램으로는 국적 불문 야구 레슨하는 영상들, 야구 용품만 본다. 야구와 무관한 것들은 팔로우하지 않았다. 남들 열심히 할 때에도 전혀 신경 쓰지 않는데, 현호가 몇몇 링크를 보내주길래 들어갔다가 야구 관련 계정만 팔로우하면 좋은 교재가 되겠다 싶어 시작했다. 엄지 몇 번만 휙휙 하면 눈에 확 들어오는 영상이 나오곤 하는데, 요즘 스마트폰은 영상 녹화가 워낙 쉬우니 바로 녹화한다. 그리곤 반복 재생과 역재생이 가능한 아이클루iCLOO 라는 앱으로 몇 번이고 되돌려본다. 그냥 보는 것과 찬찬히 왔다 갔다 하며 돌려보는 것은 천지 차이다. 비단 야구뿐만 아니라 골프나 테니스 같은 구기 종목에도 유용하니 이왕 하는 운동 좀 더 잘해보고 싶다면 한번 써보길 추천한다

(나랑은 아무런 이해관계가 없는 앱이다).

　〈야구잡썰〉 멤버들의 이야기를 해보자면, 야구를 볼 때 형민이는 나랑 좀 다른 시각으로 보는 것 같다. 선수들의 타순과 투수들의 교체 시점, 최근 성적과 상대 전적, 출장 포지션에 따른 성적 등등을 찾아보곤 하는 것 같다. 야구를 디테일하게 본다는 점은 나와 비슷한데, 보는 측면이 많이 다른 느낌? 내가 마치 선수의 시각으로 플레이 하나하나를 본다면 형민이는 마치 감독으로 빙의해서 보는 느낌이다. '내가 라인업을 짠다면? 내가 투수교체를 한다면?' 하는 마음인 것 같다. 그리고 우리 중에 응원 팀의 성적에 제일 진심인 게 느껴진다.

　현호는 형민이랑 나를 섞은 느낌이다. 거기에 이 선수가 몇 년도 몇 라운드에 어느 고등학교 출신이고, 어떤 팀을 거쳐왔으며, 언제 어디서는 어떤 포지션을 맡았고, 누구와 어떤 인연이 있는지 등등의 시시콜콜한 배경을 폭넓게 보는 편이다. 스포츠 PD 말고도 스포츠 썰쟁이로도 능히 먹고살 수 있을 것 같은 재능을 가졌다.

　강편은 상대적으로 투수들을 유심히 보는 느낌이다. 본인이 사회인 야구에서 투수를 주로 하기 때문인 것 같은데, 볼카운트 싸움이나 투수 교체 시점 같은 곳에 방점을 찍어 보는 듯하다. 요새는 롯데 말고 LG 경기도 무척 열심히 본다. 잠실이 사직보다 접근성이 좋기도 하겠지만, 아마 사랑의 힘 아닐까 싶다 (이 원고가 세상에 나올 때쯤에도 그 사랑 변치 않기를). 야구장에서 야구를 보는 시간은 강편이 제일 길다. 직접 현장을 찾아가는 수고로움이 사랑과 비례한다고 본다면, 우리 중 야구를 가장 사랑하는 사람은 강편일 것이다. (출연자 중 우용 얘기를 빼놓으면 섭섭할까 봐 한 줄로만 적자면 우용이는 NC 다이노스와 한 몸이다.)

〈야구잡썰〉은 출연자들의 특색이 이렇게 달라서 재밌게 본다. 출연자지만 한 명의 시청자로서 야구 없는 날 즐겁게 보는 편이다. 이 콘텐츠를 보다 보면 그 안에서 내가 웃는 포인트에서 똑같이 웃곤 하는데(당연하다) 어떨 때는 내 웃음소리가 재밌어서 내가 웃기도 하는 고차원적인 풍경이 벌어질 때도 있다. 간혹 댓글에 본인도 나가서 응원팀 욕을 실컷 하고 싶다는 분들이 계신데, 나는 내 맘대로 출연해서 내 맘껏 하니까 뭔가 '가진 자의 여유'를 느낄 때도 있다. 아내는 새벽 출근을 해야 하는 내가 먼저 잠들고, 애들도 다 잠에 든 이후 혼자 식탁에서 〈야구잡썰〉을 보곤 하는데 아내의 스마트폰에서 새어 나오는 내 웃음소리가 너무 커서 내가 깰 때도 있다(그럴 땐 아내가 문제인가 내가 문제인가 헷갈리기도 한다).

구독자들이 〈야구잡썰〉을 보는 방법은 천차만별이겠지만, 거실 TV로 야잡을 틀어놓고 가족들이 다 같이 본다는 댓글을 달아주실 때가 가장 뿌듯하다. 다른 것들을 다 떠나, 이리도 개인화된 시대, 가족을 한곳으로 모아주는 게 우리 프로그램이라는 점이 가슴을 벅차게 한다. 다행히(인지 아닌지 모르겠다) 2024시즌에도 〈야구잡썰〉을 계속 할 수 있게 됐다. 이걸 어떤 콘텐츠로 키우고 싶다는 대단한 포부를 가져본 적은 없다. 다만 우리가 야잡을 하는 동안, 보시는 분들이 그저 몇 번 키득키득 웃을 수 있는 콘텐츠가 됐으면 싶다. 큰 욕심 낼 만한 채널도 아니거니와 제작 구조상 언제 그만두게 될지 알 수 없기 때문이다. 개인적으로는 그냥 녹음 한 번, 한 번 할 때마다 하고 싶은 얘기 즐겁게 하고 끝낼 수 있으면 그걸로 족하다. 언젠가 아들들과 함께 TV로 〈야구잡썰〉을 보는 날이 올까. 꼭 야잡이 아니라도 다 큰 아들들과 한군데 모여 같이 볼 콘텐츠가 있으면, 그리고 그게 야구였으면 좋겠다고 생각해 본다.

2화

아들이 야구선수가 되지 않았으면 하는 이유

"아들이랑 캐치볼 할 수 있어 좋겠네~"

아들 낳을 때마다 들었던 얘기다. 그때마다 '캐치볼 언제 가르쳐서 언제 하나', '나는 그냥 친구들이랑 캐치볼 하면 되는데 왜 아들이랑 하라는 거야?' 같은 생각이 들었다. 좀 친한 사람들에겐 가감없이 대꾸했고, 덜 친한 사람들에게는 그냥 '예, 예' 했던 기억이다. 큰아들이 초등학교에 들어갔지만, 아직도 우린 캐치볼을 하지 않는다. 아니 못한다고 봐야지. 큰 애에게 선물한 글러브가 벌써 두 갠데 아직 다섯 번도 끼지 않았다. 오히려 만 5세 둘째가 캐치볼 하자며 나를 조르곤 한다. 물론 같이 해주지만, 내가 재밌는 캐치볼은 아니고 철저히 애한테 맞춰 그저 굴려주고 받아주는 수준의 캐치볼이다. 언제쯤 제대로 된 캐치볼을 아들들이랑 할 수 있을까? 아니 그때쯤 내가 공을 던질 수나 있을까.

내가 야구를 너무 좋아하고 아들이 둘이니 주위에서 자식들 야구 시킬 생각 있냐고 곧잘 물어본다. 내 생각은 확고하다. 내 아들들은 야구를 안 했으면 한다. 취미로 하는 거야 백번 환영이지만, 아들 가진 부모들이 으레 생각하는 '야구하는 아들'은 아니었으면 좋겠다. 내가 프로까지 하고 난 뒤에 하는 얘기라면 더 설득력 있겠지만, 야구선수는 겉으로 보기에도 참 좋은 직업은 아닌 것 같다.

야구에는 기본적으로 돈이 많이 든다. 글러브, 배트, 배팅 장갑, 헬멧과 팔꿈치 보호대 같은 보호구, 스파이크 등 기본적으로 갖춰야 할 장비들이 적지 않다. 축구나 농구랑 비교해 보면 극명하다. '뭐 그런 거 다 있어야 돼?' 싶겠지만, 당연히 다 있어야 한다. 팔꿈치 보호대 안 하고 타석에 섰다가 100km 정도 되는 공만 맞아도 '아오 보호대 찰 걸' 하게 되는 게 야구다. 연습 좀 할라치면 공이 필요한데 이게 또 한두 개로 될 것도 아니다. 심지어 만날 땅에 구르는 야구공은 소모품이다. 연습 때마다 비용이 추가로 드는 운동이라 생각하면 이거 뭐가 잘못돼도 한참 잘못된 운동이다. 글러브라고 수명이 길까. 매일 연습하는 학생 선수라면 1년을 채 못 쓰는 선수들도 있다. 나무 배트를 쓰고부터는 부러질 때마다 10만 원이다. 세상에 이리도 돈 많이 드는 운동이 있을까(물론 있겠지). 아니 이 정도면 나라에서 금지시켜야 하는 거 아닌가(물론 아니겠지).

사교육비도 장난 아니다. 사회인 선수의 교육비보다 엘리트 선수 교육비는 기본적으로 훨씬 비싸다. 이름 좀 있다 하는 프로 출신에게 레슨 한 번 받을라치면, 한 시간에 10만 원은 우스울 정도다. 공부하는 아이들이 학교 밖에서 열심히 공부해 온다고 하면 최소한 선생님들은 싫어하지 않으실 텐데, 야구는 또 그렇지도 않다. 학교의 감독, 코치들이 외부에서 배워오는 학생들을 못마땅하게 여기는 경우가 왕왕 있다. 감코진들이 전혀 이해가 안 되는 바는 아니다. 팀마다 정체성과 지향하는 바가 있을 터, 개개의 선수들이 그런 철학과는 상관없이 외부에서 기술만 배워와서 다른 소릴 해댄다면 팀 이끌기가 쉽지 않을 것 같다. 하지만 모두가 알듯 야구에 정답은 없는 법. 본인에게 맞는 모범답안을 찾기 위해 학교 밖에서까지 공부해 온 아이들을 기본적으로 좋게 볼 수 없는 시스템이라는 게, 참 박수 치기 어렵게 만든다. 이 자체가 영원히 해결하기 어려운 문제라는 게 더 문제다. (이 난제는 프로에 가도 해결되는 것 같지 않더라.)

　먹이기는 또 좀 먹여야 하나. 야구는 힘과 힘이 부딪히는 운동이다. 몸 열심히 만들어 강한 공을 뿌리려는 투수와 또 몸을 열심히 만들어 최대한 강하게 멀리 치려는 타자가 공을 두고 힘자랑을 하는 게 야구 본질 중의 하나 아닌가. 이게 원래 미국 사람들이 하던 운동이다. 쌀 말고 고기 많이 먹는, 덩치 크고 힘 좋은 이들이 하는 운동. 근데 알다시피 미국은 고기가 싸다. 넓은 땅에 대충(?) 풀어서 키울 수 있으니까 쌀 수밖에. 고기만 싼가, 기본적으로 먹거리는 우리에 비해 훨씬 저렴하다. 우리는 비단 고기가 아니어도 우유부터 과일까지 일단 식재료가 비싼 나라 아닌가. 근데 운동하려면 먹여야지. 그냥 먹이는 것도 아니고 또 남들보다 잘 먹여야 하는데, 이걸 감당할 자신이 나는 없다. 물론 아이가 건강하게 자랄 수 있도록 집에서 해 먹이는 밥이야

언제든 오케이지만, 남들을 이기기 위한 체격, 체력을 만들어주기 위한 먹거리 뒷바라지에는 자신 없다.

　그런 난관과 역경을 극복하고 고등학교 졸업을 한다 해도, 프로 가기가 어디 쉽나. 2024년 KBO 신인드래프트 대상자 수는 1,083명이었다. 그중에 프로에 지명되는 선수들은 대략 110명. 10% 정도가 간신히 프로 입성에 성공한다. 수능으로 따지면 2등급까지만 대학 갈 수 있다는 이야기다. 야구 하면서 다른 진로까지 알아볼 수 있다면 모를까, 그것도 쉽지 않다는 걸 생각하면 들인 노력에 비해 얻을 수 있는 성취가 너무나도 짜다.

　프로에 간들 끝인가. 밥 먹고 야구만 하는데도 1군 들어가기가 어디 쉽나. 옆에 있는 다른 선수들도 다 밥만 먹고 야구만 하니, 또 그들도 어려운 관문을 뚫고 들어온 이들이니, 그들보다 더 뛰어나기가 어찌 보면 프로 입성보다 더 어려운 일일 테다. 1군 가서는 또 어떤가. 이미 자리 잡고 있는 기라성 같은 선배들 틈바구니에서 그들이 지금까지 보여준 퍼포먼스보다 확실히 낫다는 평가를 받아야 겨우 주전으로 자리 잡을 수 있지 않나. 아니 확실히 나은 성적을 내고서도 감독의 맘에 들지 않으면 1,

2군 전전하는 경우를 우리는 그간 너무 많이 봐왔지 않은가. 아니 애초에 2군서 4할을 치고도 1군에 콜업하지 않는 경우도 있었으니 너무도 불공평하다.

어디 그뿐인가. 남들 앞에 서야 한다는 직업적 고충까지 있다. 연예인들을 비롯한 얼굴 좀 알려진 사람들을 옆에서 보면, 돈 많이 벌어서 부럽다는 생각보다 다소 속박된 것 같다는 생각이 든다. 가수 키는 유재석에게 "집 밖에 나가면 그때부터 내가 콘텐츠 그 자체가 되는 거잖아요"라고 말했다. 입은 옷도 보여 줘야 하고 뭘 하는지 SNS에 올려야 하고 본인을 노출하는 것에 초점을 맞춰 살아야 한다는 뜻이다. 조금의 일탈도 인성 문제로 크게 번질 수 있고 자칫하면 SNS를 통해 직접적으로 욕을 먹게 되는 게 얼굴 알려진 이들의 고통이다. 하물며 야구선수는 하루하루 경기 결과로, 아니 한 타석 한 타석을 두고도 나 같은 필부들의 까임을 들어야 하는 숙명을 지녔다. 밈처럼 유행하는 '아무도 나를 모르고 돈이 많았으면 좋겠어요'라는 소망에 전혀 어울리지 않는 직업이다(젠장 나는 〈야구잡썰〉을 왜 해 가지고).

그렇다고 연예인처럼 돈이나 많이 버나. 물론 박찬호, 이승엽, 이대호 등 나는 평생 벌어도 못 따라갈 돈을 번 선수들도 있다. 근데 40년 넘는 프로야구 역사에 그런 선수들은 손발로 겨우 꼽힐 정도다. 어떤 시장에서나 그렇게 톱 자리에 오른 사람들은 그만한, 혹은 그 이상의 대우를 받기도 한다. 반면 프로야구 선수의 대다수는 '큰돈'과는 거리가 멀다. 이름 좀 알 만하다 하는 선수쯤 돼야 일반 직장인보다 좀 더 높은 연봉을 받는데, 선수 생명이 그리 길지 않다는 점을 따져보면 여러모로 '남는 장사'는 아니라고 생각한다. '그 어려운 길'을 뚫고 프로야구 선수가 됐는데 '그 연봉'을 받고 '그만큼' 욕먹다가 '그렇게' 빨리 잘리는 게 대다수 프로야구 선수의 길인 것 같다.

　　장돌뱅이처럼 역마살이 있는 건 또 어떻고. 시즌 중의 절반은 집밖에서 지내야 하지 않는가. 오순도순 가족들과 살 부대끼며 함께 지내도 살기 힘든 판에, 가족들과 떨어져 지내는 그 외로움은 어떡할 건가. 야구로 성공해서 은퇴식까지 열리는 선수들은 국내외 가릴 것 없이 이제는 가정에 좀 충실해야겠다는 자아성찰을 하곤 한다. 스스로 가정적이지 않아서일까? 아닐 테다. 프로야구 선수가 가정적이기 힘든 것은 시스템 때문이다. 심지어 홈의 제2 구장에서 경기가 잡히면(삼성의 포항 구장 같은) 홈경기임에도 호텔에서 지내야 할 때도 있다. 게다가 잘하는 선수일수록 현역에 오래 몸담고, 이후 코칭 스태프의 길까지 더 길고 넓으니, 가정에 충실하기란 딜레마 같은 것이다. 요즘처럼 가족의 중요성이 강해진 때에 역마살이라니, 영 마음이 내키지 않는다.

　　정말, 내 아들들은 '야구선수 아들'이 안 됐으면 좋겠다. 이 글을 보시는 다른 아들 부모님들도 잘 따져보시면 좋겠다. 아무리 생각해 봐도 쉽거나 좋은 길은 아니다. 한국에서 야구선수를 한다는 것은.

　　(사실 이런 이유들은 다 핑계다. 우리 아들들은 일단 야구를 잘할 것 같지 않다. 못 먹는 포도를 보며 신 포도일 거라 정신승리하는 여우의 마음이랄까. 내 국민학교 생활기록부의 체력장 결과는 모두 4, 5등급이었다. 내 아들들이라고 다르겠나. 애초에 운동선수가 되기 힘든 애들이다. 그럼에도 불구하고 지들이 굳이 굳이 야구를 한다고 하면… 타자를 시킬까, 투수를 시킬까?)

3화

야구는 타자 놀음

좀 느닷없지만, 축구 이야기를 해보자. 이강인이 킬 패스를 찔러 넣어주고, 손흥민이 받아서 강하게 슛~ 그런데 아쉽게도 노 골이 된다. 이때 분위기는 수비 측과 공격 측 어디가 좋을까? 골은 못 넣었지만, 손흥민이 슛을 할 수 있는 상황까지 만들었다는 건 결국 수비가 뚫렸다는 얘기라 공격은 수비를 한 번은 무너뜨린 거다. 골키퍼는 정신 못 차린 수비를 향해 소리를 지를 테고, 손흥민은 킬 패스 넣어준 이강인에게 박수를 보낼 수 있다. 필시 분위기는 공격 쪽에 있을 확률이 높다. 공격은 기본적으로 상대를 흔들 수 있는 포지션이기 때문에 늘 수비에 비해 유리할 수밖에 없다. 골을 못 넣었을 때도 이럴진대 골을 넣었다면? 분위기 완전히 넘어온다고 봐야 한다. 분위기를 좌우하는 건 태생적으로 공격 쪽이다. 축구는 원래 상대 팀 골대에 공을 한 번이라도 더 넣는 팀이 이기는 경기이기 때문에 그렇다.

야구는? 93년 한국 시리즈 박충식의 15회 완투를 기억하시는지. 당시 최강팀 해태 타이거즈를 맞아 삼성 라이온즈 투수 박충식(무려 신인이었다)은 15회를 완투하며 181구를 던지는 기염을 토한다. 그러나 결과는 2:2 동점. 무승부로 게임이 끝났다. 후에 박충식 선수는 인터뷰에서 "20회, 30회도 던졌을 거다. 그게 내가 아는 야구다"라고 하셨는데, 대단한 승부 근성인 것 같다. 20회, 30회라니… 그런데 3차전에 15회 완투라는 철완을 보여준 박충식 선수는 7차전에도 긴급 투입됐고 (고작 4일 휴식이었다) 알다시피 그해 우승 트로피는 해태가 가져간다.

사실 방망이들이 조금만 더 제 역할을 했어도 그럴 필요가 없었다. 내가 아는 야구는 우리 팀이 상대 팀보다 딱 1점만 더 내면 이기는 경기이기 때문이다(반면 1점을 낼 수 없는 투수는 우리 팀에 직접 승리를 안겨줄 수 없다. 상대의 득점을 막는 방향으로 도울 수는 있어도). 방망이들이 점수 한 점만 더 냈으면 15회 혹은 20, 30회를 던질 철완 없이도 9회에서 경기를 끝낼 수 있었다는 얘기다(근데 점수 안 나는 30회 야구라니. 팬이 떠나면 떠났지 더 늘어날 것 같진 않다).

 야구나 축구 같은 구기 종목의 팀 스포츠는 '기세'가 중요하다고들 한다. 앞서는 축구의 예를 들었지만, 야구에서 기세를 올리는 데 가장 좋은 것은 방망이들이 내는 점수다. 기습번트를 대든 도루를 하든 희생플라이를 치든 뭘 하든 어쨌든 점수를 한 점 내면 기세가 오른다. 만루에 싹쓸이를 치거나 홈런이 나온다면 더 말할 것도 없다. 인생에서 기억에 남는 만루 홈런을 한번 떠올려 보시라. 관중석 분위기가 어땠는가? 만루에서 투수가 막아내면 상대의 기세를 꺾을 수 있지 않냐고? 결국 그건 방망이가 점수를 못 내서 기세를 올리지 못한 거라고 봐야 한다. 투수는 수세에 있는 포지션일 수밖에 없기 때문이다. 투구한 공의 향방은 결국 타자의 방망이에 달려있다. 칠지 안 칠지 혹은 못 칠지, 치더라도 어디로 칠지, 또 얼마나 멀리 칠지. 타자가 친 공이 어디로 가든지 투수 본인의 글러브로 들어오지 않는 이상 투수가 개입할 수 있는 여지는 일단 굉장히 적다. 능동적으로 기세를 움직일 수 있는 쪽은 결국 타자일 수밖에 없다(그런 포지션에 있는 타자X들이 투볼 노스트라이크에서 한가운데 속구를 그냥 흘려 보내는 꼬라지를 보면 눈썹이 들썩들썩할 수밖에).

그래서일까. 역대 KBO리그 FA 최고액 계약 순위를 보면 대부분 타자들이 꿰차고 있다. 1위는 최근 한화로 돌아온 전직 메이저리거 투수 류현진의 8년 170억이다. 반면 그 이후는 타자인 양의지(152억)이고 김광현(151억)과 양현종(103억)을 제외하면 상위 10위 안에 투수는 전무하다. 양의지는 최근 한 번의 계약이 그 정도고 이전에 맺은 FA 계약도 125억대였다. 이외에도 김현수, 최정, 강민호, 오지환 등 두 번 이상 FA를 한 타자들의 수가 적지 않다. 김광현, 양현종도 누적 계약액은 그들 못지 않을 수 있지만 결국은 그 둘과 류현진 뿐이다. 그 밖에 눈에 띄는 투수 계약은 95억을 받은 차우찬 정도가 전부다. (류현진의 경우 굉장한 계약이긴 하다. 그런데 만일 김하성이 한국에 돌아온다면? 이정후가 메이저리그에 진출하지 않고 한국에 남았다면? 시기의 문제일 뿐 선수에 대한 시장 평가는 타자에 더 후하다는 게 내 판단이다.)

게다가 타자들은 계약 기간도 길다. 총액 140억대의 계약을 맺은 박민우는 총 계약 기간이 5+3년이다. 김현수는 두 번째 FA 계약 때도 최대 6년 계약을 받아냈고, 오지환 또한 두 번째에 6년 계약을 얻었다. 허경민은 최대 7년, 정수빈, 박건우, 채은성도 각 6년의 계약 기간에 도장을 찍을 수 있었다. 반면 투수들은 길어야 4년이다. 5년 이상의 계약을 찾아보기 어렵다. 투수들한테 긴 계약 기간을 주지 않는단 얘기다. 이쯤 되면 적어도 한국 프로야구에서는 최고 타자들의 몸값이 투수보다 더 높다고 볼 수 있다. 나는 계약 기간과 금액의 이유를 타자들이 경기에서 더 중요하기 때문이라고 해석한다.

그럼 세계 최고 야구선수들이 모여 무려 '월드' 시리즈를 치르는 미국은? MLB에서도 최고액 FA 계약 순위를 따지자면 타자들의 이름들이 훨씬 많다. 1위는 2022시즌을 마치고 애런 저지Aaron Judge가 양키스Yankees와 맺은 9년 3억 6,000만 달러 계약이다. (오타니 쇼헤이Ohtani Shohei가 24시즌부터 다저스와 맺은 무려 10년 7억 달러의 계약이 최고액이지만, 타자와 투수의 가치를 동시에 더해서 받는 선수이니 예외로 보는 게 맞을 것 같다. 24시즌에 오타니는 타자로만 나올 확률이 높다 하니 사실 글 주제에 배치되는 케이스도 아니다.) 2위는 24시즌부터 다저스와 12년짜리 장기계약을 맺은 일본 투수 야마모토 요시노부의 총액 3억 5,000만 달러 계약이다 (오타니와 야마모토의 계약은 한국인으로서 부럽긴 하다). 3위는 브라이스 하퍼Bryce Harper가 필리스Phillies와 맺은 13년 3억 3,000만 달러짜리 계약이고 4위 또한 타자다. 코리 시거Corey Seager가 레인저스Rangers와 맺은 10년 3억 2,500만 달러 계약이다. 5위에 가서야 다시 투수인 게릿 콜Gerrit Cole이 양키스와 맺은 9년 3억 2,400만 달러 계약이 등장하는데 이후에 투수 계약이 등장하는 건 10위권이 지나서다. 그 사이는 전부 타자들의 계약이다.

근데 이 리스트에는 당연히 들어가야 할 이름이 빠져있다. 마이크 트라웃Mike Trout인데, 그의 계약은 자그마치 4억 2,650만 달러짜리 계약이다. FA 계약이 아니라 기존 계약을 연장 갱신한(마치 구자욱의 비FA 다년 계약 120억과 느낌이 비슷한, 하지만 규모는 꽤나 다른) 계약이라 이 리스트에 빠졌지만, 이 계약이 성사될 때만 해도 언론에서는 '프로 스포츠 전체를 통틀어 최고액 계약'이라며 호들갑을 떨었다. 이 야구라는 산업에서 투수와 타자, 어느 쪽을 더 중요하게 생각하는지 몸값을 따져보면 쉽게 판단할 수 있지 않을까? 그렇다면 이제 타자가 중요하냐 투수가 중요하냐의 논쟁에 대해서는 충분히 방증했다고 봐야 하지 않나.

　이런 기록들이 아니어도 만약 내 자식이 야구를 한다고 하면 나는 두 손을 꼭 잡고 제발 타자를 하라고 말할 거다. 일단 25인 로스터에 들면 타자가 경기에 나갈 확률이 훨씬 높다. 못해도 아홉 명의 타자가 선발 라인업에 이름을 올리기 때문이다. 대타나 대수비로도 경기에 나갈 수 있다. 어떤 날은 로스터의 타자들이 모두 경기에 나오기도 한다. 내가 보는 경기에서 아들 얼굴 보기가 더 쉬울 테다. 한데 투수는? 한 경기에 투수가 아홉 명 나왔다고 생각해 보시라. 그런 경기는 결국 터진 경기다. 욕 안 먹는 투수가 있을까? 게다가 잘 던지는 투수일수록 자주 보는 게 좋지 않은 일일 확률이 높다. 만일 선발로 자리를 잘 잡았다 치자. 기본 5일 로테인데 혹 4일 쉬고 나온다? 몸에 좋을 일이 있겠나. 불펜에 자리를 잡았다? 기본적으로 불펜이면 선발보다 처우가 좋기 어려운데다 혹시나 잘 던져서 자주 나온다? 역시나 몸에 좋을 일이 없다.

　선수는 잘할수록 자주 경기에 나오게 된다. 근데 잘 치는 타자는 자주 나올수록 '한 방' 쳐서 유명세 얻을 일이 많은 반면 (강민호를 보면 된다. 병살을 그렇게 쳐도 결국 타점을 내고 팀이 이기는 데 기여해 많은 사랑을 받지 않나. 게다가 타자는 세 번 중에 한 번만 성공하면 되지 않는가) 투수는 자주 나올수록 선수 생명이 짧아진다는 부작용이 있다. 여러모로 타자를 하는 게 나나 아들에게 이득이다.

추신. 이 얘기와는 별개로 KBO 팀들이 선발 두 명을 외인으로 고정하고 선수단 구성을 시작하는 행태가 마음에 들지 않는다. 투수에서는 선발이 제일 인정받는 자리다. 직업이 야구선수인 투수에게는 그게 제일 양질의 일자리란 뜻이다. 근데 외인두 명이 먼저 자리 잡으면 결국 팀당 세 자리밖에 남지 않는다. 열 팀 통틀어 봐야 투수로 진로를 정하는 학생들에게 가장 좋은 일자리는 서른 개뿐인 것이다. 그마저도 동기들을 포함해 기라성 같은 선배들과도 경쟁해야 한다. 앞서 살펴본 바, 타자를 선택하는 게 훨씬 유리한데도 양질의 일자리마저 적다면 누가 투수를 하고 싶을까. 결과적으로 투타에 모두 두각을 나타냈던 선수(나성범, 강백호, 김대한 등) 중 대부분이 타자로 자리 잡게 됐고, 우리 리그의 투수력을 끌어올릴 기회는 그만큼 잃게 됐다. 따라서 양질의 자원이 조금이라도 투수 쪽 진로를 선택하게끔 유도하려면, 이제라도 KBO 팀당 외인 투수는 한 명으로 제한

하는 게 필요하다고 생각한다. 외인 타자 둘이서 신나는 방망이

질을 보여주어 리그 흥행에 더 도움 되는 것은 보너스다.

4화

소가죽 예술품, 내 사랑 글러브

신혼의 어느 밤이었다. 술 먹고 집에 들어왔더니 아내가 새로 산 샤넬 백을 자랑했다(임신 중 우울증이 왔던 아내는 갑자기 가방을 사고 싶다고 했고, 큰맘 먹고 그럼 그러시라 했던 기억이 난다). 대충 얼마인지 감만 잡고 있었던, 결코 적은 금액은 아니었던 샤넬 백은 소가죽으로 만들어져 있었다. 가방을 만져본 내가 "가죽이 그렇게 좋지는 않네…"라고 중얼거렸다며, 아직도 아내는 그때의 일을 한 번씩 얘기한다. 그러면서 진짜 좋은 가죽은 이런 가죽이라며 내 글러브 하나를 만져보라고 했다나. 기억력이 좋지 않은 탓에 확실히 기억은 안 난다만, 내 평소 행태를 볼 때 안 그랬을 이유는 없을 것 같다. "아니 그 유명한 샤넬 백 가죽이 이 정도밖에 안 돼?" 했겠지. 보나 마나 그 당시 내가 제일 좋아했던 글러브의 바닥 부분을 만져보라고 했을 거다. 그리고 "음, 역시 가죽은 글러브 가죽이군" 했겠지.

글러브는 당연하게도 가죽으로 만든다. 야구 규칙서에도 글러브의 공을 잡는 부분은 가죽으로 돼 있어야 한다고 쓰여 있(는 것으로 기억한)다. 대부분 소가죽으로 만드는데 미국의 한 브랜드에서는 물소 가죽, 코끼리 가죽 등으로 만들어 비싸게 파는 걸 본 기억이 있다. 한때 어느 브랜드에서는 손이 직접 닿는 글러브 내피에 캥거루 가죽을 쓰기도 했고 소가죽을 사슴 가죽 느낌이 나게 가공한 걸 쓴 적도 있다. 최근에는 내피에 세무 느낌이 나는 새로운 면피를 쓴 곳도 있는데, 내구성이 좋지 못해 금방 사장됐다. 오타니는 글러브가 손에서 미끄러지는 걸 싫어해 고무 같은 느낌의 내피를 쓴다고 한다. 글러브 만드는 이들은 내피와 외피가 동일 가죽이어야 동질감을 느낄 수 있다고 하고, 또 어떤 이들은 내구성이 더 좋다는 이유로 전용 내피를 선호하기도 한다. 간혹 어린이들이 쓰는 저가 브랜드에는 돼지가죽이 쓰이기도 하는데 내구성이 소가죽만 못해 금방 터져버리곤 한다. PU라고 쓰는, 이름만 가죽인 인조가죽을 쓰는 아주 저가 글러브도 있다.

같은 소가죽에서도 차이가 있다. 보통은 거세한 수소의 가죽을 쓴다. 생후 6개월에서 1년 사이의 수송아지 가죽을 킵kip이라 칭하고, 이 가죽으로 만든 글러브를 가장 비싸게 판다. 앞서 내가 아내에게 만져보라고 한 글러브는 필시 이 킵으로 만든 것이었을 게다. 모공이 작고 촉촉하면서 보들보들한 것이, 만져보자마자 '아, 이건 좋은 거군'하는 느낌이 들게 한다. 그보다 더 자란 소의 가죽은 면적이 더 크고 질기다. 스티어 하이드steer hide라고 하는데 상대적으로 싸지만(이 역시 절대적으로 싸진 않다), 내구성이 좋아서 많은 선수가 이 가죽으로 만든 글러브를 쓴다. 소파 같은 곳에 쓰는 가죽은 내가 알기로 이보다 더 낮은 등급을 쓴다. 더 자랐기에 더 질겨졌으니 내구성이 좋을 터다. 구하기가 어려워 지금은 잘 쓰지 않지만, 킵보다 더 어린 월령의 송아지 가죽이 카프스킨calfskin이라는 이름으로 쓰이기도 했다. 한번 만져봤는데 표면을 코팅한 듯 반질반질했던 기억이 있다. 이걸로 평고를 받으면 금방 해질 것 같다는 느낌이 들었다. 루이

비통 가방의 손잡이 부분에 쓰인다고 들은 적이 있다.

　모든 물건이 비싸졌듯 소가죽도 비싸졌다. 하여 글러브 회사들은 공이 닿는 부분 외에 손등이나 안에 들어가는 펠트 등을 전통과 다른 물질들로 만들어냈다. 세상에서 가장 큰 글러브 회사는 우리가 흔히 아는 롤링스Rawlings다. 최근에 'rev1x'라는 글러브를 내놓았는데, 손등 부분을 일종의 플라스틱으로 만들었다. 원래 울로 만든 펠트가 들어가야 할 부분에도 3D 프린팅한 플라스틱을 넣어 내구성을 높였다고 자랑한다. 그다음 큰 회사인 윌슨Wilson은 손등 부분에 농구공 표면에 쓰이는 물질을 썼는데, 슈퍼 스킨super skin이라는 기막힌 이름을 붙였다. 역시나 가죽보다 강하고 내구성이 좋다고 홍보한다. 몇 년 전 나이키에서는 소가죽 끈 대신 운동화 끈을 넣은 글러브를 만들기도 했다. 역시 손등 부분에 플라스틱을 넣었었는데 당시는 그런 글러브가 처음이라 굉장히 혁신적으로 보였지만, 익숙지 않아서였을까? 보기 좋게 망했다. 최근 나이키는 아예 글러브 사업을 접었다. 가끔 MLB에서 선수들이 끼고 있는 나이키 글러브는 그 선수만을 위해 만들어준 글러브다. 마케팅용이라 리테일로는 팔지 않는다.

내가 가장 오랫동안 써온 글러브는 나이키에서 만든 레드
오렌지색 외야 글러브다. 겉보기엔 그냥 빨간색인데 일본 나이
키에서 만들어 일본 시장에 내놓은 것이라 빨간색이라고 말하
지 못한다. 일본은 학생 야구에서 쓸 수 있는 색이 제한적이다
(동시에 한 가지 색이어야 한다). 그래서 빨간색이지만 굳이 레드오
렌지라고 부른다. 하여튼 앞서 말한 운동화 끈을 쓴 글러브는
아니고, 킵을 써서 만든 가죽이 아주 좋은 글러브다. 기존의 것
들과 다르게 만들고자 노력한 흔적도 보인다. 공을 받을 때 손
아플까 봐 충격 흡수가 되는 포론poron이란 신물질을 넣었고, 공
이 포구면 안에서 잘 잡히도록 손가락 끝이 위치하는 부분에 뭔
갈 넣어 도톰하게 만들었다. 밖으로 내는 검지의 위치를 지정해
주려고 따로 공간을 만들었는데, 이래저래 제작 단가가 높을 것
같은 글러브다. 근데 이 글러브도 결국 시원하게 망했다. 그 이
후로 나이키는 일본에서도 글러브 파트를 철수했다.

레드오렌지 글러브 이전에는 윌슨의 내야 글러브를 썼다.
다저스에서 헨리 라미레즈Hanley Ramirez가 쓰던 파란색 글러브
가 너무 예뻐 보여 선택했다. 그가 커쇼의 퍼펙트 게임을 에러
로 날려 먹었을 때 쓰던 글러브와 같은 모델이다. 이때 나이키

외야 글러브는 캐치볼용으로 쓰고 있었는데 어느 날 문득, 나이키 글러브로 내가 공을 한 번도 놓치지 않았다는 사실을 깨달았다. 숏 바운드는 물론이고 옆이나 위로 빠질 것만 같은 공들도 제법 잘 잡아냈다. 이걸 경기에서 쓰면 더 좋겠다 싶어 그때부터 경기용 글러브를 바꿔 꼈다. 그해 뛴 30경기 정도의 사회인 야구에서 내가 한 에러는 딱 하나였다(물론 요새는 많이 한다. 한 경기에 하나만 해도 다행).

프로의 내야 선수들이 나처럼 외야 글러브를 들고 플레이하기 어렵다는 걸 안다. 일정 크기가 넘어가는 큰 글러브는 거추장스러울 뿐만 아니라, 분명히 마이너스가 될 수 있다. 하지만 메이저리그 3루수들은 외야에 버금가는 크기의 글러브를 끼기도 한다. 블라디미르 게레로 주니어Vladimir Guerrero Jr., 토드 프레이저Todd Frazier와 미겔 카브레라Miguel Cabrera가 3루를 볼 때 윌슨에서는 12.25인치의 글러브를 만들어줬고 알렉스 로드리게스A-rod와 크리스 브라이언트Kris Bryant가 3루수를 볼 때 롤링스의 12.25인치 글러브를 사용했다(그 정도면 일본 아마 야구에서는 외야수들이 쓰는 크기다). 삼성의 박진만 감독도 은퇴하기 전에는 유격수 자리에서 그 정도 크기의 글러브를 사용했다. 진짜 핸들

링 능력이 좋다면 큰 글러브가 더 좋다는 방증일 테다.

수비수는 공을 온전히 소유해야 플레이를 완결지을 수 있다. 아무리 좋은 가죽을 쓴 글러브라 한들, 새로운 소재로 글러브를 경량화한들, 그 안에 공이 들어 있지 않으면 주자를 아웃시킬 수 없다. 센터 내야라 공을 빨리 빼기 위해서 작고 얕은 글러브를 낀다는 모 선수가 타자의 라인 드라이브를, 외야에서 중계돼 들어오는 공을, 포수가 도루 저지를 위해 쏜 공을 온전히 잡아내지 못할 때마다 나는 한마디씩 하곤 한다. "글러브 큰 거 좀 쓰면 안 되겠니?"

5화
댓글이 남긴 기쁨과 슬픔

'열광적인 팬들의 과찬에 취하지 마시고, 현실을 살아가는 삶이 되길 바랄게요.'

제1회 공개방송이 끝난 바로 다음 주였다. 내 개인 채널인 〈큰정피디는 야구가 좋아서〉의 한 영상에 누가 이렇게 댓글을 남겼다. 이 댓글을 보고 처음 든 생각은, '우리 아내가 달았나?'였다. 마침 집에 같이 있던 터라 아내에게 보여주며 당신이 썼냐고 물었더니 단박에 빵 터지더라. 아내는 여러 이유로 웃었겠지만, 그다음에 든 생각은 '뭔가 억울한데'였다.

　아니 일단 나에게 과찬이 있었나? 기껏해야 '큰정PD님, 너무 웃겨요', '간만에 활짝 웃는 모습 보니까 좋네요', '홍 단장님 종신하라고 해주세요' 같은 댓글인데 과찬이라니… 내가 원하는 과찬이라면 '현재 삼성 라이온즈의 문제점을 정확히 꿰뚫어 보고 적확한 진단을 내리신 것 같네요. 해결책도 완벽합니다' 정도는 돼야 할 텐데, '현실을 살아가는 삶'을 살라니. 아니 나는 누구보다 잘살고 있는데 무슨 소리? 홀로 계신 어머니가 취중에 늘 하시는 레퍼토리가 "우리 아들이 이렇게 잘 살아줘서 내가 얼마나 고마운지 모른다"인데 무슨 말씀이신지. 그리고 유튜브는 현실이 아닌가? 유튜브 영상은 그저 현실을 보여주는 하나의 창일 뿐 무슨 환영 같은 게 아닌데… 아무튼 너무 억울했다. 문제는 다른 좋은 선플은 기억에 잘 남지 않고, 이런 댓글들이 늘 기억에 오래 남는다는 거다. 그래서 연예인 인스타에 그렇게 악플을 남기는 건가? 그 사람 기억에 남으려고? 참 이해하기 어려운 일이다.

　'〈야구잡썰〉 이제 그만해야겠다.' 가끔 이런 충동이 강하게 든다. 실제로 고충을 여러 번 토로하기도 했기에 오랜 청취자, 시청자들은 아실 테다. 근데 그런 감정을 느끼게 만드는 가장 확률 높은 이벤트가 이런 '이해하기 어려운' 댓글을 만날 때다. 사실 앞서 소개한 댓글은 그런 축에도 못 낀다. 현호가 받았던 1,200개 악플까지는 아니지만, 나도 기억에 남는 것들이 있는데 그걸 여기에까지 쓰고 싶진 않고, 대신 그런 댓글을 마주할 때면 드는 감정을 공유하고 싶다.

일단 '야구 보고도 스트레스받는데 뭐 때문에 기껏 시간 내서 만든 콘텐츠에 이런 리플까지 받아서 내 일상이 흔들려야 되나' 하는 생각이 든다. 실로 일상에 지장을 주는 게 제일 큰 문제다. '내가 그런 댓글 받을 정도로 잘못했나? 그럼 뭐라고 해야 했지?' 스스로를 계속 채근하다가 멍하니 시간 보낸 적이 한두 번이 아니다. 아까운 시간 헛되이 보낸 것도 싫은데, 문제는 그런 댓글 중 다수가 이전에 다른 콘텐츠에서 했던 언급들은 쏙 빼고 아주 일부의 측면만 본다는 점이다. 내 문제를 정확하게 짚어주면 그나마 덜 억울할 텐데, 실상은 그렇지 않은 경우가 많다. 이 억울함을 어떻게든 풀고 싶은데, 그 댓글에 대댓글로 글을 남기자니 또 시간을 헛되이 보내게 될 테고, 그렇게 한다고 해명이 잘 되는 것도 아니지 않은가. 경험상 온라인에서 잘 잘못 따져봐야 해결 안 되는 것은 물론이고 결과적으로 얻게 되는 건 기존의 억울함에 더해지는 찝찝함과 빡침뿐이었다.

비슷한 맥락에서 나는 SNS를 잘 하지 않는다. 회사 신입 시절에는 트위터에 짧은 글을 남긴 뒤 어떤 사람들이 반응해 주는지 수시로 들락날락하며 확인하기도 하고, 좋은 글귀는 외워뒀다가 소개팅 같은 곳에서 써먹기도 했다. 페이스북에는 사진도 올리고 정성 들여 긴 글을 써서 올리기도 했다. 간혹 정치적인 견해가 담긴 글을 쓰기도 했는데, 오프라인으로 잘 알던 누군가와 댓글로 대거리를 하기도 하고 어떤 이에겐 언팔을 당하기도 했다. 생각해 보면 참 열심이었던 것 같은데, 아무튼 지금은 잘 안 한다. 근데 요즘 SNS는 소위 DM이라는, 당사자가 다이렉트로 볼 수 있는 메시지가 있다니 더더욱 무서울 뿐이다.

인스타그램이나 페이스북 같은 것들은 그 자체가 거대한 '오해의 소굴' 같다는 느낌이 든다. 이해보단 오해가 쉬운 세상이다. 사실 원래 뭐든 이해를 하기보다 오해를 하기가 훨씬 쉽다. 기본적으로 자기 기준을 가지고 받아들일 수밖에 없으니 외려 그게 당연하다. 그런데 SNS는 나에 대해서 오해를 일으킬 여지를 오히려 내가 제공하는 형국이다. 일상의 단편만 올릴 가능성이 크기 때문이다. 페이스북을 잘 하지 않으면서도 가끔 무언가를 올릴 때가 있는데, 경기에서 내가 홈런을 쳤을 때다. 홈런친 영상에 짧은 글을 붙여 올리곤 한다. 그냥 자랑하고 싶은데 어디 할 데도 없고, 잘한 거 올려놓으면 많은 사람이 좋아요도 눌러주고 누구 하나 따로 기분 나쁠 일도 없으니 딱 좋다(혹 그게 기분 나쁘면 언팔을 해주는 게 서로에게 도움 된다). 근데 올해는 홈런 영상이 하나도 없다.

　내 포스트를 관심 있게 봤다면 내가 홈런왕이 아닌 걸 쉽게 알 수 있겠지만, 페이스북의 남의 포스트라는 건 그냥 엄지질한 번에 스쳐 지나가는 콘텐츠 중 하나일 뿐. 결국 내게 큰 관심이 없는 이들에게 나는 오해의 여지를 주게 된다. 무슨 포스트 하나 올리는데 오해고 자시고 복잡하게 생각하느냐 할 수 있지만, 이 거대한 오해의 소굴에 구실 하나 던지는 게 영 찜찜하다. 그리고 가만히 짚어보면, SNS가 스마트폰에 들어온 후 일개 필부들의 상대적 박탈감은 오히려 더 커진 느낌이다. 세상을 더 풍요롭게 만든 게 아니라 외려 심리적으로 궁핍하게 만든다는 느낌을 지울 수 없다.

　그렇다고 이런 대 연결의 시대에 혼자만 앉아 있을 수는 없

고, 그 가운데 내가 최선으로 선택한 것은 팟빵 〈야구잡썰〉의 댓
글들이다(경험이 일천해 다른 어떤 좋은 곳들이 있는지 잘 모른다. 유명
야구 커뮤니티를 군이 찾아 들어가면, 하이고 왜들 그렇게 날 서 있는지,
금방 돌아나와 버리고 만다). 물론 그 가운데도 날카로운 칼날을 뭉
툭한 글귀 속에 숨겨 던지는 댓글도 간혹 있다. 그런데 그런 댓
글들은 곧 '싫어요' 수십 개를 받고 뒤안길로 사라진다. 이곳을
채우는 대부분은 야구 보느라 빡쳐서 힘든 서로를 위로하는 댓
글들이다. 그중에서도 TV로 가족들과 함께 야잡을 본다는 댓글
이나 몸이 안 좋아 병원에서 치료 중이심에도 내가 야잡을 하느
라 고생인 것 같다며 후원해 주신 댓글 같은 건 일상에서도 문
득문득 떠오르면서 이 프로그램을 지속할 힘이 되곤 한다. 아무
리 봐도 팟빵 〈야구잡썰〉의 댓글 창처럼 야구팬들이 예의를 갖
춰 조용조용히 답답함을 토로하며 서로를 위로해 주는 곳은 없
는 것 같다. 그런 댓글 창을 6년 동안이나 지켜주신 많은 팟빵
야알못들께 이 자리에서 감사함을 전해본다.

삼성 라이온즈, 우리들의 의리를 제발 배신하지 말아 주오

내가 내린 결론은 이거다. 이 팀을 응원하는 것은 일종의 의리 때문이다. 하는 꼬락서니가 암만 마음에 안 들어도 그놈의 의리 때문에 쉽게 떠나질 못하는 것 같다(물론 어릴 때부터 팀을 바꿔본 경험이 있는 우용이는 다르겠지만). 나는 만 10세부터 야구하는 걸 좋아했다. 대구에서 나고 자라 당연히 라이온즈도 응원하게 됐다. 다른 선택지는 사실상 없었다. 당시 유니폼엔 떡하니 '대구'라고 써놓고 야구를 했는데 어찌 다른 팀을 응원하겠나. 근데 그게 벌써 30년이 됐다.

라이온즈에 대한 기억은 역시나 내 나이 열 살이었던 93년부터다. 그해 참 더웠는데, 대구는 오죽했을까. 무려 38도를 기록하는 날도 잦았다. 지금이야 에어컨이 흔하지만, 그때 우리 동네에는 집집마다 선풍기만 겨우 한두 대 있을 뿐이었다. 근데 내 인생에서 야구를 가장 열심히 했던 해가 바로 그해다. 양준혁이 이종범을 제치고 신인왕을 탔던 그해, 양준혁과 김성래가 하나 차이로 매일 매일 홈런왕 경쟁을 하던 그해(MVP와 신인왕이 동시에 나왔지만 끝내 우승하지는 못했다). 열사병이란 단어가 한여름 뉴스를 도배하던 그해에 나는 하루도 빠짐없이 야구를 했더랬다. 아침에 눈뜰 때마다 머리맡에 놓아둔《허구연의 재미있는 야구교실》을 재독하며 어떻게 하면 커브를 잘 던질 수 있을지 연구하곤 했다. 심지어 매일 이렇게 야구를 하는데 그냥 야구팀 있는 학교로 전학 가자고 엄니를 조르기도 했다(사실 매번 우리 반 1선발로 공을 던지면서도 내 짧은 손가락이 변화구 구사에 좋지는 않구나, 하고 깨달은 시기이기도 했다. 야구로 성공하기는 어렵다는 생각을 굳힌 해이기도 하고). 그렇게 재밌게 야구를 했으니 내 고향 팀(MVP와 신인왕을 동시에 배출했다니까!)이 얼마나 좋았을까. 앞으로 내가 다른 어떤 프로팀을 그때 좋아하던 만큼 좋아할 수 있을까. 아마도 불가능하지 싶다.

　　5학년 때부터는 엄니가 시장통에서 옷 장사를 하셨다. 보통 스포츠뉴스를 할 때 즈음 가게 문을 닫으셨는데, 늘 문 닫는 일을 도왔던 기억이 난다(내가 나서서 할 정도로 철들었던 건 아니고, 엄니께서 니가 안 도와주면 엄니 혼자 우째 하냐고 죽는 소릴(?) 하셔서 어쩔 수 없었다). 그 시절 엄니 가게는 밖에 내놓고 파는 물건들이 많아서 모두 가게 안으로 옮겨놓고 문을 잠가야 했는데, 물건들을 옮기면서도 스포츠뉴스에서 눈을 떼지 못했다. 그러다 삼성 관련 경기 영상이나 경기 결과가 나오면 쪼르르 TV 앞으로 달려가곤 했다. 요즘처럼 모든 경기의 하이라이트가 매일 있었으면 얼마나 좋았을까. 그땐 시간도 지금보다 훨씬 많았는데. 아무튼 이후 스포츠뉴스 시그널을 들을 때면, 예전 엄니 가게 일을 도와드리던 때가 문득 떠오르곤 한다.

　　한 해 지나 95년에는 라이온즈가 유니폼을 새롭게 리뉴얼했다. 기존의 하늘색에 가까운 푸른색을 버리고 좀 더 진한 파랑의 라이온즈가 됐다. 삼성 라이온즈 어린이회원이 되면 리뉴얼된 가을 잠바와 모자, 글러브를 준다고 했으니 어린 맘에 얼마나 갖고 싶었을까. 한 5만 원 돈 했던 것 같은데, 당시 우리 엄니께는 참 큰돈이었을 게다. 동네 아이들이 대부분 어린이 회원이 되고 나서야, 조르고 졸라 공부 더 열심히 한다는 약속을 철석같이 하고서야 겨우 라이온즈의 가을 잠바를 입을 수 있었다. 한동안 그 잠바를 얼마나 입고 다녔던지 책상에 닿는 팔 부분에 검은 때가 껴서 꼬질꼬질했던 게 아직 기억에 선하다.

그렇게 '당연히' 삼성 팬이 됐던 내가 지금도 가장 또렷하게 기억하는 장면은 시간이 조금은 흐른 2002년의 마지막 경기, 프랜차이즈 사상 처음으로 한국 시리즈를 우승하고 양준혁 선수가 누군가(아마도 이승엽이었던 것 같다)를 껴안고 눈물을 하염없이 흘리는 장면이다.

그날의 9회 말 장면을 잠깐 복기하자면, '이승엽이 홈런 치고 마해영이 또 치면 이기네'라고 혼자 생각하며 보고 있을 때였다(아마 대부분 삼성 팬들이 그렇게 생각하지 않았을까). 웬걸, 이승엽이 내 생각 그대로 우측 담장을 넘기는 쓰리런을 쳐 동점을 만들어냈다. 투수 이상훈의 시속 125km짜리 한가운데 들어가는 슬라이더를 놓치지 않았다. '왜 저렇게 한가운데로 넣었을까?' 생각했던 게 생생히 기억난다(후일담을 들어보니 이상훈은 이

전 시리즈부터 너무 많은 공을 던져 지칠 대로 지쳐 있었다고 했다). 투수는 바뀌었고 모든 삼성 팬은 다음 타자 마해영의 끝내기 홈런을 염원했을 터. 그런데 정말 그 시나리오 그대로 솔로포가 터졌고, 삼성은 20년간의 무관 타이틀을 떼면서 첫 한국 시리즈 우승 트로피를 들어 올렸다. 삼성의 프랜차이즈 스타 양준혁이 다른 선수들을 껴안고 그야말로 펑펑 울던 장면이 TV로 송출되던 바로 그날, 18년이라는 시간을 대구에서 보내고 나 혼자 처음으로 서울에 올라온 그해 늦가을, TV 속 선수들이 한 고생을 왜 내가 함께한 것처럼 짠했던지. 혼자 살던 단칸방에서 같이 눈물을 주르륵 흘렸던 기억이 난다.

응원팀의 통합 우승이란 꿈이 이뤄진 후 나는 대학생으로 내 하루를 살아내기에 바빴고, 그렇게 몇 년을 더 살아내며 직장인이란 타이틀을 얻었다. 직장인이 된 후 삼성과 관련해 기억나는 장면은 특이할 게 없다. 오승환 선수가 손쉽게(?) 마무리를 짓고 포수와 같이 세리머니를 하는 것 정도. 한국 시리즈가 끝날 땐 오승환 선수를 중심으로 떼로 모여 세리머니를 하는 장면 정도. 그런 장면들이 대부분 비슷하게 기억되는 이유는 아마도 흔했기 때문이었던 것 같다. TV를 통해 보는 라이온즈의 승리

장면, 우승 장면은 내겐 너무도 흔했고 그래서 귀중한 줄 몰랐다. 자주 있을 일이라 생각했으니 특별히 기억나지 않는 것일 거다.

라이온즈가 왕조 자리를 내준 후 그 자리를 차지한 건 김태형 감독의 두산이었다. 삼성의 자리를 앗아간 김태형 감독의 멘트를 평소에 귀 기울여 듣는 편이다. 김 감독은 가끔 "야구 어디서나 똑같아요"라는 말을 한다. 롯데 감독 취임 인터뷰에서도 했다. 문맥상 '야구선수들은 다들 잘하려고 열심히 한다. 그건 어느 팀이나 비슷하다'라고 해석할 수 있다고 본다. 그 말에 '그래서 그 비슷한 재료들을 가지고 운용하는 사람, 방법이 중요하다'가 생략되었다고 본다. 스스로 그 얘기까지 하긴 멋쩍을 테니까. 야구는 선수만 중요한 게 아니다. 프로 정도의 수준에 이르면 더 그렇다. 어느 팀이건 오랜 기간 경쟁력 있는 팀을 만들려 노력하고, 선수들은 본인의 몸값을 올리기 위해 열심히 한다. 각 팀당 재료(선수 구성)는 정말 비슷하다. 근데 여기서 강팀과 약팀을 가르는 것은 결국 감독의 통솔력과 구단의 우승에 대한 갈망이라 생각한다.

　'우리는 우승을 목표로 하는 팀'이라는 구단의 철학은 선수들에게 보이지 않게 큰 영향을 미친다. 23시즌 LG와 삼성을 비교해 보면 쉽다. '아 우리 팀이 우승에는 큰 관심이 없구나'라는 생각이 들 때, 선수들은 어떻게 훈련할까? 또 경기에는 어떤 마음으로 임할까? '아 진짜 우승 딱 한 번만 해보고 싶다'라는 생각을 공유하는 타 팀 선수들과 3경기 해서 2경기 이길 수 있을까? 6년간 단 한 번을 제외하고 모든 시즌의 가을 야구에 실패한 단장을 유임시켰을 때 선수들은 어떤 생각을 가졌을까?

　구단을 좌우하는 위치에 있는 사람들이 무슨 생각으로 단장을 유임시켰는지 팬 입장에서는 모를 일이다. 유임된 단장은 지금 이 정도로도 괜찮다고 생각한 것처럼 전력 보강을 전혀 하지 않았다. 새 시즌, 삼성 라이온즈를 좋아한다는 이유만으로 정신력부터 무장되지 않은 선수들을 응원하러 경기장을 찾은 팬들의 마음은 어땠을지. 내가 응원하는 팀이 13연패에 빠져 허우적대는데, 연패에서 빠져나올 기미도 보이지 않아 홀로 차 운전석에 앉아서 '우리 팀이 왜 이렇게 됐을까?' 눈물을 흘렸다던 그 팬의 마음은 대체 어땠을지. 그 팬은 단장의 유임을 어떤 심정으로 바라봤을까?

이 팀을 몇십 년 응원해 온 건 팬들이다. 선수들이 입만 떼면 '경기장 찾아와서 응원해 주세요'라고 부탁했던 그 팬들. 아무리 생각해 봐도 이 팀이 이 꼬라지가 난 데에 팬들의 잘못은 없는 것 같다. 다른 팀으로 갈아타지도 못하고 의리로 몇십 년을 응원해 왔을 뿐이다. 그런데 누가 봐도 실망스러운 결과를 낸 단장을 자기들 멋대로 또 유임해 버린 결정에 팬들은 화가 많이 났다. 그런 결정을 내린 누군가에게 팬들이 그저 아무것도 아닌 존재임을 알았을 때, 나는 너무나 비참했다. 비단 나만 그랬을까? 삼성 팬들 대부분이 비슷한 심정 아니었을까. 그런 비참하고 울분 터지는 심정들이 켜켜이 쌓이고 있는 와중에 팬들을 그저 응원봉, 유니폼이나 사주고 매출이나 올려주는 사람으로 대한다는 생각이 겹치니 화가 치밀어 오르지 않을 수 없었다. 거기에 처참한 내 팀의 경기력을 확인한 후 결국 한마디 외치게 됐다. "니들이 뭔데!"라고 말이다.

추신. 2023시즌 후 단장이 바뀌었지만, 단장만 바뀌었다고 느꼈던 배신감을 다 씻어낼 수는 없는 노릇이다. 하지만 다행스럽게도 이 글을 쓰고 있는 2024년 2월 초, 지금까지 이종열 신임 단장의 행보는 전임 단장과 확연히 다르다. 팀의 부족한 부분, 특히 불펜을 강화하고자 노력을 많이 했다는 것을 쉽게 알 수 있다. 비단 불펜뿐만 아니라, 들려오는 자잘한 에피소드를 접해보니 정말 이 팀을 이전보다 강팀으로 만들어보겠다는 의지가 느껴진다. 그렇게 최선을 다했으니 미디어와의 인터뷰에서도 당당하다. 그런 말과 행동을 접하는 일개 팬으로서도 24시즌엔 한번 기대해 볼 만하다는 생각이 든다. 그러니 다시 한번 '우승을 목표로 하는 팀'으로 거듭나 팬들의 의리에 승리로 보답해 주길 간곡히 바란다. 나도 올 시즌엔 직관을 자주 가보겠다고 다짐해 본다.

〈야구잡썰〉 연대기

　0. 사실 〈야구잡썰〉에는 전신이 있다. '정지원과 야알못쓰'란 팟캐스트다. 〈야구잡썰〉 탄생 1년 전, 모 예능 PD 선배로부터 연락이 왔다. 야구 관련 팟캐스트를 하려고 하는데 PD 역할을 해줄 수 있느냐는 거였다. 안 해본 거니까, 해보겠다고 답하고 첫 녹음을 시작했다. 우리 회사 정지원 아나운서와 예능 PD 선배 두 분, 현호까지 도합 네 명이 시작한 녹음. 내 기준에 약간 아쉬웠다. 내가 들어가야 뭔가 될 것 같은 느낌. 결국 첫 녹음 후에 한 번만 다시 따자고 졸라서 나도 출연했다. 그렇게 '정지원

과 야알못쓰' 1편이 업로드됐고 한 시즌 열심히 한 뒤 막을 내렸다. 결과는 썩 좋지 않았다. 기획자였던 모 선배는 예능 PD여서인지, 반응이 좀 더 빨리 오길 바라셨던 것 같다. 라디오 PD인 나는, 음성 콘텐츠 특성상 빠른 반응을 얻기 힘드니 길게 보고 가자는 생각이었다. 프로그램이 재미없었던 건 아니었다고 본다. 선배 두 분의 입담과 팀에 대한 애정은 나나 현호보다 더하면 더 했지 못한 분들은 전혀 아니었기 때문이다.

1. 다음 해, 〈야구잡썰〉이 탄생한다. 당시 몸담고 있던 전략부의 담당 부장께서 팟캐스트를 한번 해보는 게 어떠냐고 하셨다. '오디오 디지털 콘텐츠 시장에 대해서는 우리가 전혀 모르지 않느냐, 직접 시장에서 이것저것 해보는 게 제일 좋을 것 같다. 혹, 해보고 싶거든 시간을 내줄 테니 한번 해봐도 좋다'는 취지였다(새로운 것에 적응하고 바뀌지 않으면 도태된다고 말씀하셨던 그 부장님 말씀을 아직 마음속에 간직하고 산다). 기존 업무도 있는 직장인이 부가적으로 팟캐스트까지 하게 만든 동인은 사실 하나 더 있는데, 그즈음 잠깐 몸담았던 콘텐츠 단체 '야구공작소'의 일원들 덕이다. 어쩌다 그 채널의 칼럼 감수를 1년 도왔는데, 야공소

일원들의 열정은 남달랐다. 누가 시키지도 않은 일을, 내 돈을 내가며, 좋아서 하는 사람들이었다. 주로 카톡으로만 소통했지만, 그래서 더 친해지지 못한 한계가 있지만, 구성원들의 열정은 고스란히 느낄 수 있었다. 야공소와 함께한 1년이란 짧은 기간 동안 '배부른 (83) 돼지'가 돼가는 내가 스스로를 좀 더 채찍질할 수 있었고 그게 야잡의 밑거름이 되었던 것 같다.

야잡의 기획 의도는 며칠 고민했다. 일단 이전처럼 야구 관련 팟캐스트를 해야겠다 싶었다. 오디오 콘텐츠는 기본적으로 개인적이란 특성이 있다. TV는 거실에서 같이 보곤 하지만 라디오 같은 오디오 콘텐츠는 주로 혼자 듣게 된다. 그럼 혼자 야구 보는 사람들을 무슨 구실로 어떻게 엮을 수 있을까. 불현듯, 야구를 보다 보면 늘 내 팀을 타박하게 되는데, 각자 집에서 야구 보면서 하는 내 팀 타박을 팟캐를 중심으로 같이 해봐야겠다 싶었다. 거기에 오디오적인 재미와 상상력을 더하려면 '썰'을 담아야지. 그렇다고 내가 정론을 논할 수는 없지 않나. 이것저것 떠들어보려면 역시나 잡스러워야 한다 싶었다. 그래서 탄생한 이름이 〈야구잡썰〉이다. 근데 등록하려면 대문 이미지가 필요하네? 내가 쓸 수 있는 이미지 툴은 그림판뿐. 그렇게 그림판을 이용해 정말 최선을 다해 만든 게 지금 야잡의 대문 이미지다 (후에 많은 분이 새로운 고퀄리티의 야잡 이미지를 만들어 보내주셨지만, 기존의 이미지를 고집하는 것은 '나의 최선이 담긴 그 어떤 것'이기 때문이니 너른 양해를 부탁드린다).

　　이제 내용을 구성할 차례. 내 팀을 타박하려면 일단 경기를 봐야 하니까 경기 리뷰로 시작했다. 그것도 매일. 야구는 월요일 빼고 주 6일 하는 거니까 출근하는 날은 매일 제작했다. 모든 팀의 하이라이트를 챙겨봤고 각 경기에 대한 내 리뷰를 담았다. 하이라이트 보는데 한 시간, 녹음하는데 대략 한 시간, 편집하는데 대략 한 시간 총 세 시간 정도 들었다. 하지만 오롯이 나 혼자 하는 팟캐스트. 편성 시간도 내 맘대로, 주제도 맘대로, 편집도 맘대로, 누가 뭐라든 신경 쓸 필요 없이 처음부터 끝까지 내힘으로 만들어지는 콘텐츠였기에 너무 좋았던 기억이다. 매스미디어 플랫폼을 운영하는 회사에서 콘텐츠 만드는 PD로 몸담은 지 10년이 됐다. 늘 정해진 시간을 맞추고 진행자를 신경 쓰고 청취자 눈치도 보며 작가들 원고에 의지해야 하는 태생적 한계가 있었는데, 그걸 벗어날 수 있었다는 게 정말 좋았다.

2. 2019년 야잡 두 번째 시즌을 시작하기 전엔 난관에 봉착했다. 그해 1월 1일부로 프로그램 제작 파트로 돌아와 〈김원준의 라디오스타〉라는 프로를 런칭했다. 어떤 프로든 런칭을 하면 에너지와 시간을 많이 쏟게 된다. 여유가 많이 없어졌는데 거기에 둘째가 1월에 태어났다. 공교롭게도 맡은 프로가 저녁 6시에 시작하는 터라, 아내 혼자 3세, 0세 아이들(심지어 둘 다 남자!)의 저녁을 책임져야 하는 상황이 됐다. 아내는 이렇게 힘든 상황에 (딱히 도움 될 것이 없는) 팟캐스트를 꼭 해야겠냐는 입장이었고, 나는 1년간 애정과 열정을 바친 걸 그대로 버릴 수는 없다는 생각이었다. 결국 이기적인 판단을 내린 나는 두 번째 시즌도 감행했는데 그때의 결정으로 한동안 아내의 타박을 들어야 했다. 한 몇 년간 죄인처럼 한 서린 타박을 들었는데, 그래도 지금은 더는 그때의 일을 꺼내지 않는 아내에게 이 자리를 빌려 고맙다는 말을 전하고 싶다.

그렇게 두 번째 시즌을 진행하다 보니 화요일이 문제였다. 월요일엔 경기가 없기 때문이다. 처음엔 야구와 관련해서 이것 저것 혼자 생각했던 내용을 주저리주저리 털기 시작했는데, 당연히 얼마 안 가 주제가 바닥났다. 그럴 때마다 도움을 준 게 우리의 절대미남 정현호. 현호는 앞선 '정지원과 야알못쓰'에서 입담을 확인했던 터다. 듣는 사람 입장에서도 혼자 주절주절하는 것보다는 둘이서 주거니 받거니 하는 게 훨씬 재미있다. 근데 현호는 입을 재밌게 터는 재주가 남달랐다. 혼자 하는 것보다 몇 배는 재밌었다. 그렇게 한 번, 두 번 도움을 요청하는 빈도가 잦아지다가 아예 화요일은 고정처럼 나와주었다. 물론 화요일뿐만 아니라 KIA가 좀 못한 다음날에는 나보다 신나서 떠들어줬으니, 사실상 지금까지 〈야구잡썰〉이 이어진 데에는 정현호의 공이 지대하다고 볼 수 있다. 이 밖에도 이광용 아나운서와 당시 프로그램을 같이 하던 김원준 형님, 김도환 기자 등 많은 분이 흔쾌히 출연해 주셔서 그해를 겨우 버틸 수 있었던 기억이다.

3. 세 번째 시즌엔 매일 하던 업로드를 주에 한 번으로 바꿨다. 몸이 안 좋아진 게 가장 큰 이유였다. 라디오 피디 일은 주로 앉아서 한다. 선곡할 때도, 큐시트를 쓸 때도, 프로그램을 할 때도 주로 앉아 있다. 거기에 팟캐스트 때문에 세 시간을 더 앉아 있다 보니 목과 허리가 많이 상했다. 이걸 건강까지 잃어가며

할 수는 없는 노릇, 결국 주에 한 번으로 바꾸기로 결정했다. 그러면서 현호가 고정출연을 해주기로 했다.

세 번째 시즌의 두 번째 에피소드에 형민이가 처음 출연한다. 스포츠국에서 오래 일하다가 당시에는 드라마를 쓰느라 회사에서 보기 힘들었던 형민이는, 무슨 일에선지 스포츠국에 인사하러 왔다가 현호의 꾐에 넘어갔다. 그냥 나하고 잠깐 인사나 하라고 스튜디오에 데려왔는데 그런 그를 우리는 마이크 앞에 앉혔다. 나는 너무 반갑고 좋았다. 매일 크게 바뀔 것 없는 삼성, KIA 타박에서 벗어나 SK의 욕을 들을 수 있다니! 입술이 썰룩거렸다. 형민이는 스포츠국에서 돈을 받는 대가로 야구를 봤기 때문에 다른 팀 사정을 나보다 훤히 더 잘 알고 있었다. 나와 현호가 부족한 부분을 채워주기에 누구보다 적합한 인재. 무엇보다, 당시 SK가 연패에 연패를 거듭해 삼성, KIA보다 순위가 아래였다는 점이 너무 마음에 들었다.

그해 아홉 번째 에피소드에는 강편이 등장한다. "오기 전에 좀 들어봤다, 삼성을 팔아야 한다고 하셨는데, 그럼 롯데는 폭파해야 한다"라는 멘트를 시작으로 야잡에 발을 들인 강편은 '이런 팟캐스트에 롯데 팬이 빠질 수가 있나' 하는 생각에 현호가 모셔온 대학 동기였다. 무엇보다 출연 당시 롯데 순위가 역시나 삼성, KIA보다 아래였다는 점이 마음에 들었던 기억이 난다. 솔직히 처음에는 '현호랑 나 사이에서 본인 얘기를 잘할 수 있을까?' 하는 걱정이 들었다. 활기찬 E의 느낌보다는 조용히 혼자서 할 걸 찾아 즐기는 I의 느낌이랄까. 근데 웬걸 25년 차 롯데 팬의 광기는 서서히 그리고 아주 진하게 야잡을 밝혀주는 연료가 됐다.

그렇게 꾸려진 네 명이 다 같이 나오는 에피소드는 그해가 거의 다 지나, 가을 야구 할 때였다. 이전에는 네 명의 오디오가 물릴 염려도 있고, 출연진이 많으면 너무 시끄럽지 않을까 하는 라디오 PD 특유의 기우가 있었다. 무엇보다 다들 본업이 있어 월요일마다 무보수로 나와주세요, 하기가 미안했다. 와봤자 점심 한 끼 겨우 대접하는데, 그런 수고로움을 부탁하기가 여간 어렵지 않았다. 그러다 어찌어찌 시간이 맞춰져 네 명이 나온 첫 편은 시작부터 빵빵 터졌던 기억이다. 가을 야구는 시작됐는데 응원팀 아무도 경기를 안(못) 했던 것이 큰 이유였을 게다. '어떻게 이렇게 6, 7, 8, 9등만 모아놨냐'는 형민이의 너스레에 너무너무 즐거웠던 기억이 난다.

4. 4인 체제의 약 빤 맛을 본 〈야구잡썰〉의 네 번째 시즌 (2021년)은 당연히 4인으로 시작했다. 이제 간간이 주위에서 재밌게 듣고 있다는 얘기도 들리곤 했다. 이 체제가 자리를 꽤 잡아가던 시즌 중반 무렵, 현호가 와서 조심스럽게 얘기를 전했다. 우리 유튜브로도 해보는 게 어떠냐고. 현호가 몸담고 있던 부서는 스포츠국 안에서도 디지털 콘텐츠를 제작·유통하는 곳이었는데, 담당 부장이 제안했다고 했다. 사실 이전에는 유튜브로 제작, 유통하는 걸 반대하는 편이었다. 스스로가 영상편집에 자신이 없었을뿐더러, 보이는 것에 신경 쓰기 시작하면 들이는 품과 노력이 적지 않게 늘어날 거라는 생각이 있었다. 근데 편집을 현호 본인이 한다고 하고 "영상에 따로 공들이지 말자, 우리 저 품격 〈야구잡썰〉인데 무슨 소리냐" 하길래 그럼 "한 번 해보자" 해서 유튜브에도 첫발을 들이게 된다. (그때의 기억을 되짚어보려 야잡 유튜브 1편을 찾아봤더니, 웬걸 삼성이 1등이었네? 근데 그때도 감독을 까고 있네?) 그때부터 현호의 하드캐리가 시작된다. 혼자서 영상편집을, 그날 저녁 시간에 맞춰 끝내야 했으니 얼마나 빡셌을까. 잘 모르지만 내가 하라고 한 건 아니니까, 밤이 되면 한 명의 시청자로 돌아가 재밌게 시청하곤 했다.

5. 다섯 번째 시즌도 비슷한 결로 시작했던 기억이다. 그러다가 현호가 지친 것 같았다. 회사 일은 일대로 하면서 매주 월, 화 늦은 밤에 퇴근하는 삶은 누구든 지치게 만들었을 터다. 하지만 현호는 형민이, 강편을 데려오듯 스스로 노PD를 모셔왔다. 한동안 현호의 편집 시간은 반으로 줄었고 후에는 전부를 그에게 넘겼다. 노PD가 합류할 때도 우려가 있었다. 우리끼리 갖고 있던 〈야구잡썰〉의 감성을 잘 살려주어야 할 텐데…. 현호가 믿을 만한 사람을 알아서 잘 모셔왔겠지만, 다른 사람들이랑 안 맞으면 어쩌지, 이미 PD가 벌써 둘에 작가에 편집장도 있는데 서로 부딪히는 않을까… 이런저런 쓸데없는 걱정을 혼자 했다.

그러다 문득, 유튜브 〈야구잡썰〉은 더는 내 프로그램이 아니라는 생각이 들었다. 이미 4인 체제가 되면서부터 내 프로그램이라 하기 무색해졌지만, 유튜브로 진출하면서부터는 더더욱 그렇게 여기기에는 염치가 없었다. '그래 뭐 새로운 PD가 와서 유튜브 잘 안 되면 그건 접고 다시 팟캐스트에 집중하면 되지' 하는 생각으로 노PD의 〈야구잡썰〉을 시청하기 시작했다. 다행히 그의 편집 덕분에 야잡은 날개를 달 수 있었다. 누군가 '여기

는 편집자도 점점 미쳐가네요'라는 댓글을 달았는데, 아니다. 그
는 원래 약 빤 것 같은 편집 실력을 보여주던 사람이다. 나는 노
PD가 〈야구잡썰〉에 머물러 있을 인재가 아니라고 생각한다. 메
이저 예능 프로에서는 하루빨리 그를 편집자로 모셔가야 할 거
다. 물론 우리가 굉장히 아쉽겠지만, 우리는 또 우리 수준에 맞
는 편집자를 (현호가) 구하겠지. (다 좋은 노PD님, 우리 맞춤법만 조
금 그… 거시기…)

　　일곱 번째 에피소드에는 우용이가 처음으로 나와주었다.
마침 NC가 1승 5패를 했고(?) 그 주에 코치들끼리의 술자리 싸
움이 있었던 터라(!) 타이밍이 좋았다… 라고 하기엔 사실 타이
밍을 기다렸다 내가. 우용이는 우리 프로그램에 배정될 때부터
〈야구잡썰〉 잘 보고 있다며 나의 등골을 서늘케 했더랬다. 지금
도 그렇지만, 그때는 아는 사람이 우리 채널을 본다고 하면 정말
얼굴이 빨개졌었다. '그래 잘 왔다 우용, 그렇담 너도 이제 이 아
사리판의 일원이 되어주렴' 속으로 생각하면서 때를 기다렸다.

　　웬걸 너무도 딱 맞는 시점이 있어 그에게 출연을 부탁했고,
흔쾌히 나와주었다. 그러면서 알아서, 스스로 자기 캐릭터를 찾
아갔다. 이후 필요할 때마다 주저 없이 출연을 해주니 내가 얼

마나 고마운지 모른다. 많은 시청자가 우용이를 좋아해 왜 고정을 하지 않느냐고 물어보신다. 이유는 몇 가지가 있다. 다섯 명의 오디오가 사실은 아직도 걱정이 되고, 고정으로 계속 나와달라고 하기에는 보상해 줄 게 아무것도 없다는 점이 맘에 걸린다 (현호나 나도 같은 처지지만, 우리는 이걸 런칭한 원죄가 있으니 할 수 없다 치자. 그런 인원을 또 고정으로 늘리기엔 심적으로 부담이 너무 크다). 한 번씩 밥을 사줄 수는 있지만, 그 정도로 이 노동에 동참하자고 하는 것은 너무 염치없는 일이라 생각하고 있다.

6. 이후 많은 분이 사랑해 주신 덕에 여섯 번째 시즌까지 큰 사랑을 받아 가며 나름 무탈하게 잘 마쳤다. PPL이 들어오고서는 시청자들이 잘 알지 못하는 선아PD(롯데 팬이다)의 도움도 받았다. 선아PD의 도움이 없었다면, 노PD가 중간에 도망갔을지도 모른다. 이 자리를 빌려 고마움을 전한다. 중간에 적지 않은, 이런저런 갈등이 있었지만 출연진들의 서로에 대한 이해, 배려와 구독자들이 남겨주시는 힘 나는 댓글 덕에 여기까지 올 수 있었던 것 같다. 일곱 번째 시즌 시작을 앞둔 지금, PD인 현호는 제작 스튜디오를 더 나은 곳으로 바꿔보려 하고, 형민이는 다른

팀 팬들도 같이할 수 있는 〈야구잡썰〉 구성안을 이야기하기도
했다. 앞으로 〈야구잡썰〉이 어떤 시나리오를 더 써나갈 수 있을
지 모르겠다. 다만 지금 이 순간 느껴지는 감사함을 나는 평생
떠올리며 살아야겠다고 다짐한다.

8화
제1회 〈야구잡썰〉
공개방송 후기

참석 인원이 400명이 넘었다고 했다. 애초 600명 넘는 신청자가 있었으니 어찌 보면 당연한 숫자였다. 무료에 초대 가수나 기타 볼거리 없는 공개방송(이하 공방)에, 그 절반이 오지 않더라도 당연하다 느낄 만했다. 나는 600명 이상 올 거라 장담했지만, 말하면서도 희망 섞인 허세임을 동시에 알고 있었다(사실 처음 신청받을 때, 만 명 넘게 신청하면 어떡하나 진지하게 걱정하기도 했다. 현호랑 형민이가 정신 차리라고 해줬다. 신청자가 내 생각보다 빠르게 늘지는 않은 덕에 꿈에서 일찍 깼다).

대기실의 공기는 번잡하면서도 긴장이 흘렀다. 시내 씨(광고국 소속, PPL을 물어다 주는, aka 야잡의 어머니)는 무대와 대기실을 왔다 갔다 하며 본인이 더 떨리고 한편으로 또 부끄럽다 했다(부끄러움을 잠깐 잊었던 나는 그녀의 멘트 덕에 부끄러움을 되찾을 수 있었다). 동시에 광고주에 대한 설명과 멘트에 대한 당부를 잊지 않았다. 역시 프로페셔널한 시내 씨. 이미 나의 암기력이 좋지 않다는 걸 알고 있어서 많은 정보를 주지 않는 센스를 보여 줬는데, 나는 그 센스가 무색하게도 '베트남'산 커피란 세일즈 포인트를 잊어먹고야 만다 (더보기란을 참고하라는 멘트는 아예 언급도 못 했다). 공방 막바지엔 관객들이 나의 모자람을 커버해 주는 코미디까지 있었으니, 광고주는 이거 괜히 했다 싶지 않았을까.

대기실에 앉아 있다 문득 관객들은 어떤 모습들을 하고 있을지 궁금했다. 대기실 문을 열고 스튜디오로 들어오는 관객들과 손 인사를 하며 그들을 맞았다. 환한 웃음을 보이며 좌석으로 향하는 사람들의 모습은 사실, 직업의 특성상 어렵게 보는 장면은 아니었다. 다만 관객 한 분 한 분이 나라는 사람의 얼굴과 눈을 바라보며 놀람과 반가움의 감정을 반은 드러내고 반을 숨기는 그 모습은 난생처음이었다. 누구 하나 싫은 얼굴 없이 기대와 긴장이 함께 담긴 몸짓으로 내 인사에 밝게 답해줬다. 그 1인칭 시점의 장면을 아마 나는 평생 잊지 못할 것 같다. 무엇이 저 관객들을 이리로 이끌 수 있었을까. '우리가 뭐라고' 정신을 다시 한 번 환기했다.

라이브 (생방송이란 우리말이 있지만, 유튜브엔 생방보다 라이브가 훨씬 어울린다) 시작 시간 10분 전, 대기실 문을 다른 멤버들과 함께 나섰다. 나보다 먼저 문을 나선 다른 이들은 관객 앞에 먼저 나서기 꺼리는 눈치였다. 첫 환호를 본인들이 받기가 부담스러웠을까? 아니면 나이 많은 형이자 명색이 호스트인 내게 그 첫 환호의 영광을 양보한 것이었을까. 찰나에 든 여러 감정을 뒤로하고 가장 앞장서 무대로 나아갔다(후에 현호가 말하길 원래 5분 정도 기다리다 나가는 거였는데, 내가 먼저 나가길래 어쩔 수 없이 다들 따라 나왔다고 했다). '우레와 같은 환호 소리'는 사실 기억나지 않고 으레 담담한 양, 손을 흔들었던 기억이 난다. 내 자릴 찾아가 앉아서 무슨 이야기로 시작을 할까, 당최 떠오르지 않아 냅다 지른 "외쳐!"에서부터 "스섹강!"이라는 큰 화답으로 우리의 첫 공방은 즐겁게 시작됐다.

사실 어떻게 진행했는지 잘 기억나진 않는다. 유튜브로 다시 보니 현호는 늘 그렇듯 시대와 종목을 넘나드는 입담을 보여 줬으며 형민이는 SSG 팬들의 마음을 어루만져 줬다. 우용이는 NC에 대한 애정을 틈틈이 드러냈고 강편은 애정을 듬뿍 담아 롯데를 수시로 팼다. 그사이 나는 열심히 웃었고 사이사이 현장을 찾은 관객들 반응에 좀 더 레이더를 기울였다. 접했던 어떤 공방 관객들보다 리액션 좋고 자발적이었던 야잡 팬들 덕분에 헐거웠던 구성이 크게 흠 되지 않고 즐겁게 마무리됐던 기억이 난다.

공방이 끝나고 많은 분이 사진과 사인을 요청해 주셨다. 선수 유니폼에 사인해 달라는 부탁에 '내가 뭐라고' 싶어 귀가 빨개지도록 민망했지만, 이걸 빨리 하지 않으면 이 시간이 끝나지 않을 것 같았다. 나는 곧 현실에 순응했다. 막판에는 외려 유니폼을 팽팽하게 펴달라는 둥 여기에 쓰면 더 좋을 것 같다는 둥 더 적극적으로 사인을 하는 나를 발견했다. 하지만 다시 생각해도 선수 유니폼에 내 사인을 하는 것은 민망하기 짝이 없는 일이다. 혹여 내가 사회적 물의라도 일으키면? 자꾸 헛소리하기 시작해서 내가 싫어진다면? 귀한 선수 유니폼을 버릴 수도 없고

지울 수도 없는 이 사인을 어떡할 것인지. 또 물리적인 어려움도 있었다. 천 위에 하는 사인도 어려웠지만 야구공에 하는 사인은, 열 개가 넘어가도 당최 익숙해지지 않더라. 혹여 선수들이 공에 한 사인이 엉망이거든 공이 둥글어서 그렇겠거니 이해하면 좋겠다. 여러모로 다루기 쉬운 사진이 훨씬 나은 것 같다는 생각이다.

관객들을 보내드리고 뒷정리를 마친 뒤(사실 눈치가 굉장히 많이 보였다. 애초에 스튜디오 예약을 1시간~1시간 반을 했는데, 각자 사인도 하고 사진 찍느라 1시간 가까이 늘어났다. 그날 스튜디오에 일하러 오신 우리 KBS 직원분들은 휴일에 추가 근무를 하는 상황이었는데, 예정된 시간보다 지체되었으니 얼마나 짜증이 나셨을까. 물론 대놓고 화를 내거나 눈치를 주신 분은 아무도 없었지만, '우리가 뭐라고' 업무시간 길어지신 분들께 굉장히 죄송스러웠다) 중국집에서 건배를 나눴다. 공방에서 가장 고생 많았던 현호에게 수고했다는 말을 진심을 담아 건넸다. 야잡이 유튜브로 넘어간 뒤로는 줄곧 현호가 잡일을 도맡게 됐다. 나와 형민이는 형이라 일을 맡기기 어려울 테고 강편은 직원이 아니라서 한계가 있었을 것이다. 노PD와는 둘이 형, 동생 하는 사이라 어찌 일을 나누었을지 모르지만, 역시나 직원인 현호가 KBS 내에서 해야 할 일들이 더 많았을 터다. 그런 와중에 노트북까지 깨 먹었던 우리 현호. 나중에 〈야구잡썰〉로 돈을 벌 수 있다면 현호 노트북 값부터 (n빵으로) 변제해 주면 좋겠다 생각했다(아직 생각만 하고 있다).

첫 번째 공방 이후로 두 번째에 대한 기대감을 갖게 된 것도 사실이다. 오신 분들도 하나같이 즐거웠음을 고백해 주셨지만, 출연자였던 나도 다른 이들도 인생에 깊게 남을 좋은 추억이 됐기 때문이다. 다만 눈에 보이지 않게 너무 고생한 현호라든가 휴일에 일(다른 프로도 아니고 〈야구잡썰〉 공방이라니) 때문에 출근하셔야 했던 사우들께 죄송한 마음이 커 첫 공방 때와 같은 프로세스를 밟진 못할 것 같다. 바깥의 장소를 빌려서 죄송한 마음이 줄어들 수 있게 진행하고 싶다. 장담할 수는 없지만 이 콘텐츠가 계속 이어진다면 〈야구잡썰〉 공개방송은 꼭 한 번 더 해보고 싶다.

9화

김태형 감독을
가을에 만날 팀 감독들께
(feat. 허삼영 감독)

- 2021년 삼성의 가을 야구는 플레이오프에서 아주 짧게 끝났다(무려 2015년 이후 처음이었는데). 그해 한국 시리즈 2차전 정도 끝났을 무렵 내가 느낀, 김태형 감독의 야구가 가을에 강한 이유를 정리해 놓은 글이다. 롯데 팬들 부럽다. 올해의 끝엔 다른 팀 팬들이 박진만 감독의 야구를 부러워할 수 있으면 좋겠다.

'득되는 상수'를 늘리고 '해되는 변수'를 줄인다. 상대 팀 팬 입장에서 본 김태형 감독의 야구다. 김 감독은 한 시즌 동안 자기 야구 스타일에 맞는 선수들을 길러낸다. 공이 존에 들어오면 웬만하면 배트를 내서 상대 쪽으로 변수를 만들어낼 수 있게. 공을 보고만 있는 타자는 중용하지 않는다. 불러서 혼도 낸다. 타자들은 방향이 확실하니 타석에서도 심플하다. 존에 들어왔나? 들어오면 친다.

타석에선 세 번의 스윙 기회가 있다. '들어오면 친다'로 무장한 타자는 한두 번 빠진 볼에 속아도 웬만하면 인플레이를 만들어낸다. '니가 에이스든 뭐든 상관없다. 나는 들어오면 친다.' 마치 김태형의 좀비 같던 타자들은 존에 들어오면 배트를 냈다. 다른 팀에서 크게 자리 잡지 못했던 선수가 김태형의 선수만 되면 두각을 보이는 이유가 나는 여기 있다고 생각한다. 그래서 두산의 화수분 야구가 아니라 '김태형의 화수분'이라 칭해야 한다고 생각한다. (23시즌 두산에게서 화수분 느낌이 났던가?)

볼이 인플레이 되면 수비 측에 부담이 넘어간다. 물론 병살이 네 개나 나오는 경기도 있지만, 그것은 어쩔 수 없는 부작용으로 봐야 할 것이다. 병살 무서워 배트를 안 낼 순 없잖은가. (23시즌 삼성에서 병살 제일 많은 두 타자가 피렐라, 강민호다. 스무 개,

열일곱 개로 3위 아홉 개에 비해 압도적이다. 이 친구들이 병살이 두려워 방망이를 내지 말아야 할까? 근데 리그 전체 병살 1등과 3등도 이 선수들인 것은 좀 빡친다. 심지어 4위는 삼성에서 뛰다 간 김태균이다.) 하여튼 인플레이 타구에 부담을 갖게 되는 쪽은 주로 수비 측이다. 에러 없이 잘 처리해 봐야 본전이기 때문이다. 망설임 없이 나온 배트에 맞은 공들은 대개 힘이 있다. 상대는 크게 득 볼 것 없는 변수를 떠안게 된다. 에러라도 나오는 경우 보통 분위기는 상대 팀에 넘어간다.

김태형의 풀에 있는 투수들도 마찬가지다. 공격적이다. 존 안으로 최대한 꽂아 넣는다. '칠 테면 쳐봐' 한 마디가 투수의 공에 얹는 위력은 상상 이상이다. 공격적인 투수가 타자들을 이겨 나가는 것은 상수다. 상수인 투수가 제구가 어긋나거나 맞아 나가기 시작하면 변수가 된 거다. 변수가 생길 때 또 다른 변수를 투입해 상수화해 나간다. 그 변수가 상수화되지 않으면 또 다른 변수를 바로 투입한다. 그렇게 상수화돼 자주 쓰이는 투수들을 팬들은 소위 갈린다고 표현하지만, 그 상수는 팀의 승리에 크게 일조한다. 그리고 그렇게 던질 수 있었다는 자부심도 갖는다. 그게 김 감독의 투수 운용이다.

2021년, 삼성 허삼영 감독의 시즌은 좋았다. 승률 1위인 감독의 시즌 운영 능력은 적어도 평균 이상이라 평하는 게 합당하다. 하지만 허 감독의 야구는 단기전엔 힘을 못 쓴다는 게 자명해졌다. 내가 본 가장 큰 이유는 방망이들이 상대에게 '해되는 변수'를 별로 만들어내지 못했기 때문이다.

하위타선은 공을 기다린다. 상대의 상수인 투수의 공을 기다리다 카운트가 몰린다. 그러다 나쁜 카운트에 배트가 나간다. 보기에 메커니즘이 그다지 좋지도 않다. 평소에 잘 맞지 않았으니 자신감도 별로 없다. 결국 삼진 먹거나, 단타이거나 이후 땅볼로 병살이 나온다.

상대로선 떠안을 변수가 크게 없는 것이다. 강민호, 오재일은 그 자체가 변수인 선수들이다. 박용택 해설위원은 득점권 타율이란 게 큰 의미 없다고 얘기했다. 평소 타율과 득점권 타율이 유의미하게 차이 나는 게 본인이라고 했다. 그런 그가 클러치 능력*이 있다고 대중에게 각인되지 못한 것은, 큰 걸 치는 선수가 아니었기 때문이라 스스로 말한다. 강민호, 오재일이 이름

＊　경기 중에 득점의 기회를 놓치지 않고 잡아 점수로 연결하는 능력.

이 높은 이유는 박 위원 해석대로 '큰 거 한 방으로 한 번에 점수를 크게 낸' 전적이 많기 때문이다(그리고 긴 시즌 간 쌓이는, 단기전엔 변수인 스탯들이 좋다).

그런데 '큰 거 한 방'은 언제나 변수다. 상수처럼 쳐낼 수 있는 선수는 없다고 봐야 한다. 이번 시리즈에도 중요한 시점에 내야 플라이, 병살 친 것이 이 변수인 친구들이다(하지만 그들도 그들 나름대로 최선을 다했을 것이다. 욕하고 싶은 마음도 없고 할 필요도 없다).

아마 타선에 박한이, 박석민, 나바로, 최형우, 최태인 정도 깔려 있어야 '큰 거'를 기대해 볼 만한 상수에 가까울 것 같다(근데 그땐 나바로 한 명이 홈런 마흔여덟 개를 쳤다). 그나마 상수라 볼 수 있는 구자욱 정도가 홀로 분전하며 포효하고 끝난 게 삼성의 방망이였다. 이런 상황에서 삼성의 투수가 누가 언제 투입되는지는 큰 의미 없다고 생각한다.

투수는 그 자체로 무조건 변수다. 그날 어떤 공을 던질 수 있을지 모르기 때문이다. 마운드에 올려봐야 그날 컨디션을 알 수 있다. 이 변수가 상수화되지 않을 때 즉각 교체해야 하는데, 미리 짜온 시나리오대로 변수를 안고 가면 실패할 확률이 높다.

투수가 랜디 존슨 급이 아니라면 이런 운영으론 승산이 없었다고 본다. 내가 변수를 안고 가면 상대 입장에서는 땡큐다. 눈 뒤집힌 좀비같이 존을 치고 들어오는 상대의 방망이 앞에 아마 당황도 했을 게다. '칠 테면 쳐봐라'가 '어, 맞으면 어떡하지'로 바뀌는 순간, 공의 위력은 긁힌 날과 안 긁힌 날의 차이만큼이나 거리가 생긴다.

허 감독도 나름 우리가 잘하는 거 해보자는 생각으로 짠 플랜이었을 거다. 삼성의 투수들은 리그 내 누구에게도 뒤지지 않는 선수들이다(2021년엔 정말 그랬다). 몇 년간 나름 잘해왔고 특히 2021년엔 WAR 같은 수치로도 가치를 증명해 낸 투수들이다. 이런 투수들을 최대한 활용해 미리 계획을 짜고, 그 계획대로 상대 타자들을 막아내는 동안 우리 타자들이 상대에게 변수를 던져주길 기대했을 것이다. 그러니 그런 인터뷰를 했다고 본다(경기 패배 후 감독 인터뷰에서 "최채흥 선수가 페르난데스와 정수빈에 대한 성적이 좋아서 그 두 타자만 가려고 미리 플랜을 짜놓은 상태였고, 원태인은 김재환 선수부터 가기로 약속이 돼 있는 상태였습니다"라고 말했다). 근데 가을 야구는 단기전이기에 시즌과는 완전히 다른 스타일의 경기다. 시즌 중 누가 누구에게 강했다는 것은 가을엔 전혀 상수가 될 수 없다. 언제 어디서 변수가 튀어나올지도 예측할 수 없다. 허 감독은 이걸 몰랐던 느낌이다. 쉬는 동안 연습 경기가 없어 실전 감각이 떨어졌다는 비판은 이런 문제들에 비해 약간 부차적인 것 같다.

　이제 한번 당해봤으니 이길 방안을 강구해야 한다. 그렇게 못하면 그때부터는 분명 감독의 잘못이다(하지만 가을 야구까지 가보지 못하고 사퇴해 개인적으로는 너무 아쉽다). 그래서 나는 내년 가을 야구에 더 좋은 결과를 얻으려면 팀의 색깔을 크게 바꿔야 한다고 본다. 무엇이 김태형의 가을 야구를 이길 수 있을지 정확히 모르지만, 한국 시리즈에서 그 야구를 이겼던 팀들(SK, KIA, NC)은 분명히 방망이가 굉장히 강했다. 그 방망이들을 만들어 내는 것은 타격 코치의 몫도 있지만, 감독 라인업의 몫이 거의 절대적이다. 감독은 본능적으로 선수를 길들이는 방법을 알고 있다. 라인업을 활용하는 거다. 공을 가만히 보고 있는 선수들의 이름이 계속 올라갔던 올해의 라인업이 잘못됐음을 인정해야 한다. 이제는 다른 길을 선택하길 바란다.

　이번 한국 시리즈에선 이강철 감독의 야구가 훨씬 승산이 높다. 김 감독 밑에서 코치 생활을 오래 한 이 감독은 김태형 감독의 야구를 너무나 잘 알고 있다. KT 선수들의 어프로치도 김 감독의 야구와 닮았다. 다만 KT 선수들의 뎁스가 두산의 그것과는 큰 차이가 있다. 두산은 몇 년간 성적이 좋은 선수가 나가고 성적이 나쁜 선수가 들어왔다. 비슷한 어프로치일 때 승리는 뎁스가 두꺼운 쪽으로 기울기 쉽다. 거기에 이 감독만의 디테일이 더해지니 지친 두산이 이기기 힘든 팀이 됐다.

두 팀의 경기는 빠르게 진행된다. 두고 보는 타자들이 별로 없기 때문이다. 보는 입장에서는 볼 것도 많고 지루하지 않아서 더 좋다. 나는 내년의 삼성 야구가 그랬으면 좋겠다. 볼 것 많고 지루하지도 않으면서 한국 시리즈의 주인공이 되는 야구, 허 감독이 꼭 이뤄주면 좋겠다. 〈야구잡썰〉에서 종일 입 꾹 닫고 있어도 괜찮으니 제발 그랬으면 좋겠다. (24시즌엔 박진만 감독이 이뤄주면 좋겠다.)

KIA
TIGERS

★ ★ ★ ★ ★

BASE 🅑 BALL

진짜 광기를 가진
행복한 남자, 광견

정현호

야구 좋아하세요?

나는 언제부터 야구를 좋아했을까? 아마 기억이 맞다면 90년대 말일 것이다. 동네 친구들은 문방구 배트와 테니스공으로 소위 '짬뽕' 게임을 하곤 했다. 물론 축구가 더 인기는 많았지만, 야구를 좋아하는 친구들끼리는 동질감이 있었다. '마이너한' 종목을 좋아한다는? 지금은 상상할 수 없지만, 90년대 말부터 2000년대 초반까지의 야구는 의외로 마이너한 종목이었다. 야간 자율 학습 중간에 잠깐 나와 무료로 보던 야구는(그때는 7회말 이후에는 무료로 입장을 시켜줬었다) 중·고교 생활 최고의 활력

소였다. 당시 잠실 야구장 앞 버스정류장에서 내리면 바로 외야 출입구가 있었다. 우선 외야로 입장해서 야구를 보다가, 경기 막판쯤 되면 내야 쪽으로 슬쩍 옮겨가서 볼 수 있었다. 기억상 3루 쪽이 더 가까웠던 것 같은데, KIA 팬인 나로서는 여러모로 유리했다. 때로는 친구들 때문에 1루 쪽으로 멀리 돌아가야 했던 적도 있었지만, 이기기만 하면 그게 무슨 상관이란 말인가.

야구는 다른 스포츠랑 뭐가 다를까? 한때 축구에도 꽤나 몰입했던 축덕이었지만, 야구는 '몰입도' 측면에서 다른 스포츠와 차이가 있다고 생각한다. 우선 실제로 플레이하는 사회인 야구인의 입장에서는 기술 스포츠라는 점에서 몰입할 수 있는 부분이 많다. 타격에 대한 디테일, 송구 동작 메커니즘 등등… 아직도 타격폼을 연구하는 정 모 PD님을 보고 있자니, 기술 스포츠의 위험성(?)을 실감하게 된다. 사회인 야구팀이 회식이라도 하는 날에는 식당 근처 횡단보도 앞에서 전부 스윙 연습하거나 새도 피칭하고 있다. 이건 당해 본 사람만 안다.

사회인 야구에서 나는 주로 내야수를 본다. 그러나 동네 야구에 주포지션이 어디 있겠는가. 사람이 없으면 투수도 하고 포수도 본다. 하지만 모두가 예상하듯 포수는 기피 포지션이다. 그래서 팀에 따라 포수 지망생의 경우 회비를 감면해 주거나 용병 경기의 경우 돈을 추가로 줄 때도 있다. 아무리 그렇다지만 한여름에 포수 보는 건 정말 곤욕이다. 이 글을 읽는 모든 포수분들. 조금만 더 고생해 주세요. 저 대신에….

야구를 실제로 해보면 '손맛'이 정말 무섭다. 배트로 공을 쳤을 때 손맛도 있지만, 송구로 주자를 잡아낼 때, 투수로 삼진을 잡아낼 때의 손맛이 아주 무섭다. 낚시도 결국 손맛을 잊지 못해 그 먼 거리를 감당하고 시간을 투자하게 되는 건데, 역시 기술 스포츠가 주는 중독성은 강력하다. 더군다나 열심히 연습하고 레슨받은 다음, 그 기술을 바탕으로 실전에서 직접 손맛을 느낀다면? 축하한다. 당신은 이미 사회인 야구 환자 문턱에 들어선 셈이다.

그렇다면 실제 플레이하지 않는 팬의 입장에서 야구는 어떨까. 우선 타 스포츠에 비해 기록이 세분화된 게 특징이다. 기록만 보고 전략을 세우는 '세이버메트리션Sabermetrician'이 따로 존재할 정도로 야구와 기록은 뗄 수 없는 존재다. 바꿔 말하자면, 실제로 야구를 해보지 않은 사람도 얼마든지 깊게 파고들어

전문가가 될 수 있다는 뜻이다. 영화 〈머니볼〉에서는 아이비리그 출신 프런트가 생소한 존재였지만, 이제는 각 구단에 오히려 선수 같은 현장 출신 프런트가 더 보기 드물 정도다. 최근에는 미국의 드라이브라인Driveline 같이 다양한 방법으로 선수들의 영상을 촬영하고 분석하는 시스템도 늘어났다. 출발점이 늦었을지라도 언제든 선수 출신 혹은 그 이상으로 야구에 대해 박식해질 수 있다.

또 하나의 매력은 누구나 주인공이 될 수 있다는 점이다. 물론 다른 스포츠도 선수가 주인공이 될 기회가 있지만, 기회가 '반드시 한 번 이상' 주어지는 스포츠는 드물다. 야구는 소위 말하는 '턴제' 스포츠이다 보니, 타자는 반드시 한 번 이상 타석에서 스포트라이트를 받게 되고, 투수는 매 공을 던질 때마다 주목을 받는다. 투구나 타격 순간이 아니어도 좋다. 프로야구 팬이라면 LG의 황목치승 선수의 간절한 홈 슬라이딩과 두산 국해성 선수의 "할 수 있어요!" 같은 감동적인 순간을 기억할 것이다. 이런 주목의 순간, 플레이가 멈춰 있기에 모든 사람은 주인공에게 집중한다. 유명세와 상관없이 누구나 오롯이 주인공이 될 수 있다는 점, 그래서 나는 야구를 꽤 평등한 스포츠라고 생각한다.

　　여기에 야구 경기는 거의 매일 열린다. 축구나 농구의 경우 3~4일 간격을 두고 열리지만 야구는 주 6일, 매일 다른 스토리텔링으로 팬들을 찾아간다. 어제의 주인공이 오늘의 역적이 되기도 하고, 어제의 실수를 오늘 보란 듯이 만회하기도 한다. 매일 이슈가 끊이지 않는다는 점은 타 프로 스포츠를 압도하는 가장 강력한 무기가 된다. 스포츠 외에도 영상, 음악 등 너무나도 다양한 엔터테인먼트 매체들이 쏟아지는 세상에서 하루 이틀씩 사람들의 기억에서 잊힌다는 것은 강력한 페널티다. 야구는 잊힐 만하면 새로운 스토리로 사람들을 찾아간다. 그래서 우리는 야구에 열광한다.

2편

야구가 변했다

한국 프로야구의 중흥기는 언제였을까? 98년부터 야구를 보기 시작한 내 기억 속 야구는 '아재들의 스포츠'였다. 잠실구장 내야석 꼭대기에 가면 불판에 삼겹살을 구워 먹고 있고, 경기가 안 풀린다 싶으면 곳곳에서 담배 연기가 자욱이 뿜어져 나오고, 실수라도 했다 치면 여기저기서 오물 투척은 기본이었던 시절… 낭만이라기엔 야만에 가까웠던 시절이었다.

그런 프로야구가 2008년을 기점으로 달라지기 시작했다. 시작은 로이스터 감독이 맡은 롯데의 중흥이었다. 야구 잘 모르는 부산 친구들이 하나둘 야구장에 가자며 나를 보채기 시작했다. 그 여세를 몰아 부산과는 1도 접점이 없는 친구들도 야구장 문화에 흥미를 느끼기 시작했던 것 같다. 정점은 2008년 베이징 올림픽이었다. 경기 하나하나가 전부 명승부였다. 결승전은 아예 잠실 야구장에서 단체관람을 진행했다. 류현진의 투구가 볼 판정을 받자 경기장 여기저기서 담배 연기가 피어올랐다(그때는 비교적 흡연에 관대한 문화였던 것 같다). 팬들끼리 언성도 높아졌다. "욕 좀 하지 마세요!", "지금 욕이 안 나오게 생겼어요!?"

1아웃 만루 1점 차. 외야 플라이만 나와도 동점 혹은 그 이상을 허용할 것 같은 절체절명의 위기. 팬들의 응원 구호가 슬슬 '삼진'에서 '병살'로 바뀌었다. 아웃카운트 하나로는 위기를 막기 어렵다는 분석이 여기저기 퍼졌나 보다. 그리고 거짓말처럼 그 유명한 고영민의 병살플레이가 나오는 순간, 외야 관중석에서 한 명이 뛰어내렸다. "저, 저… 조만간 잡혀가겠구만" 그러나 아무도 제지하지 않았다. '이것 봐라?' 하나둘씩 슬슬 눈치를 보더니 경기장으로 뛰어든다. 모두가 우승의 환희를 만끽한 후에야 안전요원이 등장했다. 이미 1등 국민이 된 사람들은 질서정연하게 퇴장. 야구 중흥기의 풍경이었다.

그렇게 시작된 야구의 시대, 야구가 국민스포츠로 자리 잡은 결정적인 이유는 다양한 세대를 아울렀기 때문이라고 본다. '아재'들의 공간에서 이제 젊은 사람들, 여성 팬들도 향유하는 공간이 되었다. 선수 응원가를 남녀 구분해서 부를 수 있다는 사실이 아직도 내겐 낯설게 느껴진다. 그런데 여기서 한 가지 궁금증. 아무리 국제 대회 성적이 좋았다지만, 왜 야구장이 모든 사람이 즐길 수 있는 공간이 된 걸까?

해답은 야구장의 분위기에 있었다고 생각한다. 단순히 야구를 보기 위해 가는 사람들도 있지만, 야구장이 주는 특유의 공원 같은 분위기(그래서 해외에선 야구장을 스타디움Stadium 대신 파크Park라고 호칭하는 경우도 많다)가 피크닉 장소로 제격이었지 않을까. 야구를 보며 치맥을 먹는 게 아니라, 치맥을 먹는데 앞에서 사람들이 공놀이를 하는 느낌? 여기에 영화관, 놀이공원 등 다른 놀거리들의 가격상승도 주요인이라고 생각한다. 야구는 한 번 입장하면 3시간~4시간 가까이 즐길 수 있는데, 입장료가 만원 언저리다. 이런 곳을 요즘 찾기 힘들다는 점도 한몫하지 않았을까.

　　그런 국민스포츠 야구가 최근 홍역을 앓고 있다. 시작이 국제 대회 성적 덕이었다면 주춤한 이유 역시 국제 대회 부진. WBC에서 두 번 연속 예선 탈락하더니, 2023년, 6년 만에 열린 WBC 역시 참담한 성적으로 마무리되었다. 비록 아시안게임에서 금메달을 따냈지만, 여전히 국민들의 눈높이는 높기만 하다. 이러다 자칫 국민스포츠 자리에서 내려오는 게 아닐까 하는 우려도 된다.

　　그러나 야구의 인기는 여전히 공고한 편이다. 2023년, 5년 만에 800만 관중 돌파에 성공했으며, 코로나19의 여파도 이제 확실히 덜해 보인다. 이제는 성적보단 야구 그 자체를 즐기는 팬덤이 정착했다는 느낌이다. 그렇다 보니 팬들 역시 팀의 성적보다 선수 개개인에 대한 애정으로 야구를 즐기는 경우가 많아졌다. 항간에서는 팬들이 야구선수를 대하는 모습이 마치 아이돌을 보는 것 같다고 생각하는 경우도 있는 것 같다. 그런데 그게 꼭 나쁜 일일까? 어쩌면 성적에 연연하여 선수들에게 일희일비하는, 우리가 흔히 지적하는 '냄비 문화'에서 벗어날 기회일지도 모른다. 선수들이 잘하든 못하든 응원하고 격려하는 게 나쁜 문화라고 보기는 어렵다. 이런 문화가 선수들의 경쟁심이나 승부욕을 저하한다고? 글쎄, 응원 때문에 승부욕이 저하될 선수라면 다른 어떤 이유로도 깨졌을 멘탈이라고 생각한다.

시대는 항상 변한다. 그러면서 문화도 변한다. 사람들이 문화를 향유하는 방식도 변하기 마련이다. 그럼에도 불구하고 예전의 방법만 고수한다면 '꼰대' 소리를 면하기 어렵다. 더군다나 야구장에서 플레이하는 선수들 역시 변화한 트렌드에 더 익숙한 세대들이다. 우리가 응원하는 선수들도, 우리와 경쟁해야 하는 선수들도 새로운 문화가 자연스러운 나이라면, 이제는 야구를 즐기는 관점도 조금 달라질 필요가 있다. 자동 고의사구, 9구단 창단, 2차 드래프트… 야구계의 수많은 변화들도 처음부터 자연스럽게 받아들여지진 않았다. 걱정스러운 시선도 많았고, 지금도 많지만, 그래도 사람들은 잘 적응하고 야구는 발전하고 있다. 혹시 아는가, 이러한 변화가 또 다른 시장을 개척할지, 더 큰 르네상스를 불러올지?

3편

KIA 타이거즈를 향한 진짜 사랑

    나는 KIA 타이거즈를 언제부터 좋아했을까? 고백건대 처음부터 KIA 팬은 아니었다(역시 가짜 KIA 팬답다). 처음 야구를 보기 시작한 98년부터는 본격적으로 (KIA의 전신인) 해태 타이거즈가 하락세를 걷고 있었다. IMF로 모기업의 자금 상태가 악화되자 이종범, 이강철, 이순철을 떠나보내고(그래서 나는 유격수 이종범을 본 기억이 없다) 겨우겨우 하위권을 면하기 위해 발버둥 치는 해태보다는, 강팀인 현대나 LG를 더 많이 응원했던 것 같다. 집에서 이불 깔아놓고 정민태, 김용수의 투구폼을 따라한 기억이 선명하다.

하지만 나에겐 선택의 여지가 없었다. 부모님 두 분 모두 호남 출신이었기에 어느 순간부터 자연스럽게 해태를 응원하는 분위기가 만들어졌다. 그러다가 2001년 KIA가 해태를 인수하며 창단하자, 기대감은 커져만 갔다. 여기에 더해 이강철, 이종범이 컴백한다? 설레지 않을 수 없었다. 마침 2002시즌을 앞두고 거물급 신인도 들어왔다. 김진우, 강철민, 이현곤. 세 선수의 계약금만 합쳐도 무려 20억에 육박한다(김진우 9억, 강철민 5억, 이현곤 3억5천으로 기억한다). 신이 난 아버지와 나는 2002시즌부터 야구장을 자주 다니기 시작했다.

아직도 기억에 남는 경기가 있다. 2002년 투수에서 타자로 전향한 이대진이 첫 3루수로 출장한 날이다. 3루 KIA 응원석에서 이대진이 처음으로 타석에 들어서는 순간 울려 퍼진 환호는 잊을 수가 없다. 그런데 그 환호는 오래가지 않았다. 당시 상대 팀은 LG였는데, 아마 3루 수비가 어색했을 이대진을 향해 집요할 정도로 기습번트를 시도했던 것 같다. 물론 프로가 승리하고자 최선을 다해 상대방의 약점을 공략하는 건 당연한 일이다.

하지만 어린 내 마음속엔 LG가 너무 얄미웠고, 그래서 꼭 이기고 싶었다. 그날 경기의 승패는 기억나지 않지만, 이후 이대진 선수가 LG의 마무리 이상훈을 상대로 역전 3루타를 친 날은 기억난다. 상대가 LG여서, 친 선수가 이대진이어서, 괜히 통쾌한 마음이 들었다.

하필이면 플레이오프에서 KIA는 또 LG와 만났다. 당시 김성근 감독의 LG는 끈질기게 강했다. 정규시즌 1위를 노려볼 정도로 강했던 2002년의 KIA였지만, 플레이오프에서 기세는 분명 LG가 더 강했다. 그렇게 1차전이 시작되고, 역시나 9회까지 LG가 2 : 1로 앞서고 있었다. 더군다나 마운드엔 마무리 이상훈. 타석엔 KIA의 김인철이었다. 누가 봐도 경기는 이대로 끝날 것 같은 상황. 그런데 여기서 동점포가 터진다. 김인철이 이상훈을 상대로 동점 홈런을 쳤다. 믿지 못할 순간, 집에서 혼자 야구를 보다가 눈물이 펑펑 터졌다(이게 뭐라고). 비록 그날 경기는 졌지만, 아직도 수많은 야구 경기 중 내 인생에서 가장 인상 깊은 경기로 그날을 꼽는다.

이후 2, 3차전을 따내며 한국 시리즈행이 눈앞이었던 KIA는 거짓말처럼 4, 5차전을 내주며 플레이오프에서 탈락한다.

5차전 박용택의 결정적인 홈런이 터지자 광주구장에 불을 지르던 아재들의 모습이 선하다(어린 마음에 그땐 이게 진짜 야구인가? 라는 생각도 들었다). 그리고 2003년, KIA는 전력을 더 강화하기 위해 박재홍을 트레이드로 영입해 온다. 그런데 그 과정에서 현대로 떠나보낸 선수는 당시 내 '최애'였던 공포의 9번 타자 정성훈이었다. 당시에 한창 꽂혀 있던 노래인(생각해 보면 중1 학생이 왜 7080 노래를 들었는지 모르겠지만) 이문세의 '그녀의 웃음소리뿐'을 틀어놓고 혼자 얼마나 울었는지 모른다. 지금 생각해 보면 '뭐 그렇게까지 울 일인가?' 싶지만, 당시에 나는 꽤나 진지했던 것 같다.

이후로도 우승에 숱하게 도전했던 우리 팀이었지만, 희한하게 해태 때와는 다르게 우승과는 거리가 멀었다. 그러던 2009년 드디어 적기가 찾아왔다. 김상현을 트레이드로 영입하고, 로페즈-구톰슨이라는 외국인 원투 펀치가 생기며 정규리그 1위를 차지했다. 이제 한국 시리즈에 가서 신나게 남행열차를 부르며 응원해야지, 하고 마음먹었던 그 순간… 군대를 가게 됐다. 심지어 입영일은 한국 시리즈 불과 일주일 전.

진심으로 아쉬워서 병무청에 전화까지 넣었다. 야구 좀 보고 입대하면 안 되겠느냐고. 하지만 나는 특기병이었기에(카투사였다) 연기는 불가능하다는 답변을 들었다. 결국 그렇게 KIA의 열 번째 우승을 훈련소에서 볼… 수도 없었다. 훈련소는 TV를 보여주지 않는다. 그렇게 나는 아마도 역사상 최고로 짜릿했을 나지완의 끝내기 홈런을 보지 못했다. 심지어 한국 시리즈 7차전 다음 날은 내 생일이라 모든 계획이 완벽했는데.

'괜찮아, 내년에 우승 다시 보면 되지'라고 생각했는데, 그게 쉽지 않았다. 팀은 16연패라는 믿기 힘든 성적표를 받아들기도 했고, 자연스레 KIA에 대한 애정도 예전처럼 타오르지 않았다. 그러다가 스포츠 PD로 입사를 하게 되고 열한 번째 우승을 맞게 된다. 그런데 예전처럼 눈물이 나고 가슴이 뜨겁질 않았다. 이제는 뭔가 취미의 장이 업무의 장이 되어버린 듯한 알 수 없는 아쉬움과 미지근한 감정. 취미가 업이 되어버린 사람들은 이 기분을 아마 이해하리라.

그렇게 미지근해진 나에게 〈야구잡썰〉이 찾아왔다. 처음엔 〈야구잡썰〉을 위해 KIA 야구를 조금 더 챙겨보기 시작했다. 그러다 보니 예전에 갖고 있었던, 하지만 잠시 숨겨두었던 감정들이 살아나기 시작했다. KIA가 연승하며 잘 나갈 때는 춤도 추고 노래도 부를 정도로 신나다가도 경기력이 좋지 않으면 분노에 휩싸이고 울분을 토하게 된다. 과연 이게 좋은 걸까 싶기도 하지만, 어쨌든 내 안의 본능을 일깨웠다는 생각이 들 때면 과히 나쁘지만은 않다 싶다.

　이제 다시 KIA의 열렬한 팬으로 살면서 우승을 외칠 때마다 '언젠간 하겠지?'라고 생각한다. 그런데 그게 벌써 6년이 지났다. 물론 다른 팀이 보기엔 '앓는 소리다' 생각할 수 있지만, 어쨌든 남의 우승을 6년간 축하만 해주는 것이 영 배 아픈 일이긴 하다. 내가 가장 사랑하는 선수인 김선빈과 박찬호가 이 팀에 남아있을 때 한 번 더 우승 트로피를 들어 올리길 바라는 건 욕심이 아니리라 믿는다. 사랑한다 최강 KIA!

4편

〈야구잡썰〉 성공 비결

주위에서 참 많이 물어본다. "〈야구잡썰〉, 어떻게 성공했나?" 사실 나도 잘 모르겠다. 솔직히 5만 남짓의 구독자를 보유한 채널의 성공 비결을 분석하기도 조금 낯간지럽긴 하다. 하지만 의외로 유튜브 시장 내에서 야구라는 장르가 주류가 아님을 감안해야 한다. 가장 많은 구독자를 보유한 〈프로동네야구 PDB〉의 구독자가 30만 명 내외라는 점을 감안하면 5만 언저리의 구독자를 보유한 〈야구잡썰〉도 분명 주류 콘텐츠로 볼 수 있다. 그래서 (아직 부끄럽지만) 〈야구잡썰〉의 성공 요인을 조금씩 분석해 보려 한다.

　우선 꾸준함이다. 〈야구잡썰〉은 2018년 큰정PD님의 개인 데일리 팟캐스트로 시작했다. 생각해 보면 대단한 일이다. 매일 10분 남짓한 콘텐츠를 제작한다는 것. 주말을 빼더라도 1년이면 200개가 넘는 콘텐츠가 모인다. 그중 한두 개만 대중들에게 각인되더라도 성공 아닐까. 유튜브로 넘어온 이후에도 마찬가지다. 초창기 월요일, 화요일에는 본편, 수요일, 목요일에는 댓글 편을 만들었다. 지금은 풀버전 등 조금 다채로워지긴 했지만 어쨌든 주 4일 업로드라는 점은 비슷하다. 유튜브 시장 특성상 끊임없이 뭔가를 업로드해야 알고리즘에 선택될 확률이 높다. 동시에 구독자들에게 '우리 채널을 구독하면 매일 무언가 새로운 것을 볼 수 있다'라는 이미지를 심어줄 수 있다. 표본이 많아야 확률도 높아진다.

　또 한 가지 〈야구잡썰〉의 특이한 점이라면 2030 여성 시청자 비율이 높다는 점이다. 흔히들 생각하는 야구에 대한 이미지는 '아재들의 스포츠'다. 더군다나 우리 프로그램은 아재 넷이 모여서 떠드는 프로그램이다(스섹강 선생님은 아직 아니라고 할지 모르지만). 대체 아재들로 구성된 콘텐츠가 어떻게 2030 여성 구독자들을 유인한 것일까? 나름 분석해 보자면, 야구 시장에 여성들이 많이 유입되었기 때문이라고 생각한다. 예전 야구 시장이 남초였을 때는 여성 팬들의 시각이 특별하게 받아들여졌을 것이다. 새로운 시각으로 야구를 바라볼 수 있기 때문이었다. 반대로 지금은 야구 산업이 여초화되었기에 오히려 예전의 '아재들의 시각'이 더 새롭게 느껴질 수도 있는 것이다. 마치 레트로 열풍처럼.

　패널들의 캐릭터화도 꼽을 수 있을 것 같다. 〈야구잡썰〉 초반부엔 각 출연자의 캐릭터가 도드라지지는 않았다. 그러다가 노PD가 편집을 담당하면서 조금씩 캐릭터가 강조되었다(덕분에 나는 광견이라는 별명을 얻었지만…). 예능 프로그램의 경우에도 캐릭터들의 예측 가능한 멘트와 행동이 사람들에게 웃음을 자아내는 중요한 요소다. 같은 멘트를 해도 캐릭터가 잡혀 있는 경우와 그렇지 않은 경우 시청자들의 반응부터 다르다. "KIA 올해 우승한다!"라는 멘트를 아무 생각 없이 KIA 우승을 외치는 KIA 팬인 내가 했을 때와 '말하는 족족 반대로 이루어지는' 삼성 팬 큰정PD님이 했을 때의 반응은 천지 차이이지 않을까? (물론 그

런 멘트는 못하도록 옆에서 입을 막을 예정이다)

　　적절한 섬네일과 밈의 사용도 한몫했다. 〈야구잡썰〉 초반부엔 섬네일을 그렇게 신경쓰지 않았다. 그런데 유튜브 제작을 담당하던 다른 선배들이 섬네일을 굉장히 클릭하고 싶도록 신경 써서 제작해야 한다고 조언해 주었다. 마침 나는 커뮤니티나 인터넷 패러디물에 자주 사용되는 소위 '짤방'에 관심이 많은 편이다. 내가 자주 보며 낄낄대는 '짤방'들을 패러디하여 섬네일로 제작하고, 편집에도 자주 사용하다 보니 자연스럽게 시청자들의 호응과 클릭을 유도할 수 있었다고 생각한다.

　　그리고 가장 큰 이유는 우리가 '야구계 인물'이 아니기 때문이라고 본다. 사실 유튜브 야구 산업은 대부분 선수 출신이나 해설위원, 야구 기자 등 '야구계 인물'들이 하고 있다. 비록 내가 스포츠 PD라 업계인으로 볼 수도 있겠지만, 스포츠 PD는 직업 특성상 선수들과 접촉할 일이 거의 없다. 그렇다 보니 네 명 모두 거의 야구계 밖에 존재하는 인물들이라 발언하는 내용이나 비판에 관해 좀 더 자유로운 편이다. 다른 사람들의 눈치 볼 필요 없이 본인들의 생각을 속 시원히 얘기할 수 있다는 장점이 있고, 이 점이 유튜브 생태계에서 크게 어필하지 않았나 생각한다.

앞으로 〈야구잡썰〉이 어떻게 기억될지는 알 수 없다. 누군가에겐 작고 미미한 존재일지 모른다. 하지만 이 프로그램을 하면서 가장 행복한 순간이 '〈야구잡썰〉이 제 삶의 원동력이에요', '밥 먹으면서 〈야구잡썰〉 볼 때가 하루 중 가장 행복해요'라는 말을 들을 때다. 별것 아닌 것 같은 우리의 '잡썰'이 누군가에겐 하루를 살아가는 힘이 된다는 게 얼마나 보람찬 일인지. 가끔 모든 걸 그만두고 싶을 때도 이런 팬들이 있기에 힘을 낼 수 있는 것 같다.

그리고 우리 채널도 '딱 그 정도'로 기억되었으면 좋겠다. 앞으로도 이 채널이 구단에 영향력을 행사하거나, 100만 넘는 구독자를 가진 인플루언서 채널이 되지는 않을 것이다. 단지 구독자와 시청자 한 개인의 일상 속에 잔잔하게 스며드는 채널이 되었으면 하는 바람이다.

난 음악이 있는 스포츠 영상을 참 좋아한다. 스포츠 영상과 음악은 떼려야 뗄 수 없는 존재라고 본다. 이 내용으로 KBS 스포츠의 〈뮤직박스 SOS〉라는 유튜브 프로그램에 출연도 했었다. 음악 얘기를 좀 더 풀고 싶었는데, 희한하게 〈야구잡썰〉이 아닌 다른 프로그램에 나가니 뭔가 긴장되어서 많은 이야기를 하지는 못한 것 같아 아쉽다. 영상 제작을 할 때도 우선 음악부터 선정해 놓고 거기에 맞춰 편집하는 스타일이기도 하다. 그러다 보니 음악을 잘 고르면 편집에도 속도가 붙지만, 반대로 음악

하나 못 골라서 무슨 예술인처럼 고뇌하는 경우도 부지기수다.

음악과 관련해 가장 기억에 남는 순간이 있다. 2018년 SK 와이번스가 극적인 우승을 차지했을 때, 중계방송 클로징 영상에 배경음으로 플로-라이다Flo-Rida의 '굿 필링Good Feeling'을 틀었다. 과거부터 쭉 KBS 스포츠는 엔딩곡으로 퀸Queen의 '위 아더 챔피언스'를 썼다. (사실 그만한 노래가 없기도 하다). 그런데 갑자기 노래를 바꾸자고 하니(그것도 막내 PD가) 다들 의아해했다. 그러나 나는 강하게 밀어붙였고 결국 굿 필링이 나갔다. 강하게 주장했던 이유는 바로 이 곡이 당시 SK 감독이던 힐만 감독의 신청곡이었기 때문이다. 한국 시리즈를 앞두고 진행한 매체와의 인터뷰에서 '만약 우승한다면 이 노래가 경기장에 울려 퍼지면 좋겠다'라고 이야기한 것을 보았다. 내가 구장 관계자가 아니다 보니 경기장에선 틀지 못했지만, 엔딩 영상으로 힐만 감독의 소원을 들어주고 싶었다. 물론 힐만 감독은 이 사실을 모르겠지만.

중계방송에 들어가기 전, 방송 진행을 담당하시는 선배님께 SK가 우승하면 굿 필링을, 두산이 우승하면 랩소디Rhapsody

의 '에메랄드 소드Emerald Sword'를 틀자고 했다. 무슨 노래인지 잘 모르는 사람도 많을 텐데, '승리를 위하여' 응원가라고 하면 두산 팬들은 다 알 거라고 본다. 예전부터 좋아했던 밴드이기도 해서 슬쩍 제안해 봤는데, 너무 하드한 노래라서 분위기상 어렵다고 반려당했다.

사실 나는 음악을 선정할 때 분위기보다 의미부여를 훨씬 중요시하는 편이긴 하다. 단순히 '쿵짝 쿵짝'하는 노래보단, 그 음악이 가진 사연과 스토리를 함께 전달하고 싶어 한다. 이를테면 남북 단일 탁구 대표팀 경기 영상의 배경음악은 찰리 푸스Charlie Puth의 '레프트, 라이트, 레프트Left, Right, Left'(노래 제목이 남북 화합을 의미한다고 하면 너무 비약일까?), 이상화와 고다이라 나오의 우정으로 화제가 된 베이징 동계올림픽 클로징 영상은 비슷한 감성을 지닌 영화 〈윤희에게〉의 OST를 트는 등의 의미 부여다. 문제는 이 스토리가 너무 심오(?)해서 시청자들에게 전달하기 어렵다는 점이다. 하긴 두산 팬들이 아니고서야(심지어 두산 팬들도 모를 가능성이 높다) 프로야구 시즌 엔딩곡으로 외국 헤비메탈이 가당키나 한 말인가!

음악과 관련한 또 하나의 사연은 2014년 인천 아시안게임 출장 중 만들어졌다. 1년 차 햇병아리 막내였던 나는 폐막식 영상 배경음악을 고르라는 막대한 사명을 부여받았다. 당시 정인의 '오르막길'이라는 노래에 한창 꽂혀 있던 터라 슬쩍 추천해 보았는데, 역시나 까였다. 그리고는 다른 선배의 추천곡인 샘 스미스Sam Smith의 '스테이 위드 미Stay with Me'가 나갔는데, 영상이 나가는 순간 느낌이 딱 왔다. '아, 이래서 선배구나' 본인의 취향이 모두에게 들어맞는 건 아니라는 점. 무언가에 꽂혀 있는 순간이 온다 해도 그 순간을 가장 경계할 것. 한 번 '깨져보는 순간'을 1년 차 때 경험하길 참 잘했다는 생각이 든다.

그리고 가장 뿌듯하고 미안했던 순간이 있다. 2022년 항저우 아시안게임 결산 다큐를 제작하면서 사용한 배경음악이다. 결승전 직후 강백호 선수가 울먹거리며 인터뷰하는 장면이 있었다. 그동안 국가대표만 나오면 두렵고 힘들었다며, 그래서 공황장애가 올 정도였다고 털어놓는 영상에 스탠딩에그의 '리틀 스타Little Star'를 사용했다. 힐만 감독과 마찬가지로 강백호 선수도 인터뷰에서 이 노래를 최근에 즐겨 듣는다고 이야기해, 그의 신청곡(?)을 반영한 셈이다. 영상을 보는 사람 중 이런 사소한 디테일을 알아줄 이가 얼마나 되겠냐만, 그냥 내 마음의 짐을 덜고 싶었다. 2021년 도쿄올림픽 때부터 이어진 강백호를 향한 날 선 시선이 어쩌면 약간은 나의, 우리의 탓인 것 같다는 생각이 계속 들었기 때문이다. 이 자리를 빌려서 강백호 선수에게 전하고 싶다. 미안하고, 또 잘 이겨내 줘서 고마웠다고.

6편

극본 없는 드라마, 스포츠 PD

    스포츠 PD라는 직업은 참 희귀하다. 그나마 제일 많은 KBS도 스물다섯 명이 전부인데, 아마 전국에 스포츠 PD들 다 모아도 500명도 안 될 거다. 어떤 일을 하는 사람들일까?

    크게 세 가지 종류의 스포츠 PD가 있다. 우선 제일 많고, 중심적인 중계제작 PD들이다. 생중계를 담당하는 PD들로서, 가깝게는 지상파에서 방영하는 스포츠 생중계를 담당한다. 포스트시즌 프로야구, 전국체육대회, 각종 다양한 종목의 중계방송 등이다. 비록 요즘에는 예전보다 스포츠 중계방송의 횟수가 적어졌다고는 하지만, 그래도 평일 낮에 TV를 틀어보면 한두 번씩은 스포츠를 접할 수 있다.

그런데 예전만큼 중계도 많지 않은데 왜 중계 PD들이 가장 많은 걸까? 해답은 바로 올림픽, 월드컵 등 대형 스포츠 이벤트들에 있다. 지상파 방송 3사의 자존심과 수익이 걸린 대형 스포츠 이벤트들이 다가오면 (우리는 흔히 '종합대회'라고 부른다) 준비할 게 무척 많다. 작게는 그래픽 디자인, 경기 일정 파악 및 선수단 성적 예상, 예상을 바탕으로 한 편성 일정 조율, 그리고 가장 중요한 해설위원 섭외 등… 이러한 작업은 하루아침에 되는 일이 아니기에 몇 개월, 길게는 몇 년 단위를 거쳐야 한다. 대부분의 종합대회는 짝수 해에 많이 열리기에 홀수 해에는 기획, 짝수 해에는 실행 식으로 이뤄지곤 했다.

그런데 코로나19의 여파로 도쿄올림픽, 항저우 아시안게임이 1년씩 미뤄지면서 타임라인이 꼬였다. 기획과 실행이 동시에 이뤄지는 상황이다. 물론 장단점이 있다. 종전 2014년, 2018년처럼 스포츠국은 4년 단위로 동계올림픽, 월드컵, 아시안게임이 한꺼번에 열리는 해가 있었다(나는 속된 말로 '삼재'라고 불렀다. 하계 올림픽과 아시안게임이 밀리면서 이 '삼재'도 당분간은 없을 것 같다는 게 다행이라면 다행일까). 연초부터 정신없이 달리다 보면 어느새 11월이 되어 있었고, 나이만 한 살 더 먹어 있는….

정신없이 바쁨에도 종합대회가 주는 보람과 감동은 어떤 것과도 바꿀 수 없었다. 2016년 리우 올림픽 당시, 디지털 담당으로 가서 펜싱 금메달리스트 박상영의 "할 수 있다!"를 제일 처음 업로드해 반응을 일으켰을 때의 쾌감. 도쿄올림픽 때 양궁 국제신호(전 세계인들이 모두 보는 표준 규격의 중계방송)를 제작하면서 애국가를 들었을 때의 감동. 2022년 카타르 월드컵 때 극적인 16강행을 직관했던 기억(경기 후 인터뷰 준비하느라 정작 결승골은 못 본 것이 함정이다). 하나하나 돈 주고도 바꾸지 않을 소중한 기억이다.

중계방송 외에도 스포츠 PD들의 역할은 많다. 우선 프로그램 제작 PD가 있다. 매일 나가는 하이라이트 프로그램이나 특집 다큐, 스포츠 예능 등을 제작한다. 나 역시 예전에 한창 인기몰이를 하다 본의 아니게 막을 내린 〈스포츠대작전〉, 서장훈의 예능 초창기 때 모습을 볼 수 있는 〈우리들의 공교시〉 등 다양한 프로그램을 제작했었다. 편집 구성, 다양한 카메라 세팅, 출연자 관리 등 중계 때와는 또 다른 경험을 할 수 있는 기회였다.

최근 디지털의 중요성이 대두되면서 유튜브, 인스타 등 SNS용 콘텐츠 제작에 대한 수요도 많다. 한 가지 아쉬운 점은 KBS가 너무 큰 조직이라는 거다. 유튜브 등 디지털 시장은 워낙 트렌드가 빨리 변화하다 보니 이러한 흐름에 신속하게 대처해야 하는데, 기존 지상파 방송사의 의사결정 구조로는 빠른 행동과 실행에 어려움이 많다. 그런데도 〈야구잡썰〉 공개방송 때 보여준 모습은 분명 지상파 플랫폼이 가진 장점을 많이 보여준 시간이었다고 생각한다. 400명이 넘는 팬들을 수용하기엔 너무나도 짧은 준비 기간에도 불구하고 기술, 카메라, 안전요원 등 수많은 파트가 일사불란하게 모이고 움직일 수 있었던 것은 큰 조직과 시스템이 갖춰져 있었기에 가능한 성과이지 않을까.

무엇보다 스포츠 PD의 가장 큰 특징은 대본이 없다는 점이다. 경기가 어떻게 흘러갈지 모르니 다양한 경우의 수들을 모두 대비해 두어야 한다. 우리나라가 이긴다면 어떻게 방송할지, 대승한다면 어떤 장면을 내보낼지, 심지어 경기가 일찍 끝난다면 어떻게 편성 시간을 조율할지…. 그래서 스포츠 방송 큐시트에는 시간이 정해져 있지 않다. 어떻게 흘러갈지 모르기 때문이다.

또한 경기가 극적이면 극적일수록 우리는 바빠진다. '경기가 극적이다 → 예상과 다르다 → 플랜 B 돌입'인 경우가 많기 때문이다. 이런 경우 중계하는 쪽이야 바빠지고 변수가 많아지지만, 그 수많은 변수와 상황에 잘 대처하게 되면 기쁨은 배가된다. 2019년 20세 이하 월드컵에서 이강인 선수를 앞세워 우리나라가 준우승을 차지했었다. 이렇게까지 승승장구할 줄 모르고 있었던 타 부서에서는 부랴부랴 준비하느라 바빠지기 시작했지만, 스포츠국은 이미 〈날아라 슛돌이〉를 필두로 한 과거 자료 영상들을 준비해 두었기에 특집 및 사전프로그램들을 원활하게 방송할 수 있었다(물론 근무시간은 압도적으로 늘어나긴 했다). 돌발 상황이 닥쳐와도 '그럴 줄 알았다'라는 듯이 준비해 둔 카드를 딱딱 맞춰 꺼낼 때의 쾌감. 극본 없는 방송에 종사하는 사람으로선 참 뿌듯한 순간이 많다.

7편

〈야구잡썰〉의 역사

마치 불장난처럼 시작했지만, 그 끝이 점점 창대해지고 있는 〈야구잡썰〉, 어쩌다 이렇게 됐을까? 모두가 알고 있듯, 시작은 큰정PD님의 자그마한 팟캐스트였다. 혼자 웃고 분노하는 매일 10~15분가량의 팟캐스트(회식이 심했던 다음 날엔 숙취 방송도 들을 수 있었다). 초창기 방송을 보면 모노드라마(1인극)이다 보니 분량도 적고 내용도 비슷비슷했다. 시간이 지나 내용과 분량상의 다변화를 추구하고자 큰정PD님이 가끔씩 나를 불러냈다. 더 정확히는 주로 화요일마다 요청했다. 경기가 있는 날은 어떻게

든 이야깃거리가 생기지만, 아무래도 경기가 없는 월요일에는 아이템이 부족했던 것이다. 자연스레 다음날인 화요일엔 할 말이 없었고, 그래서 (아무 말이나 잘하는 나를) 불러서 (아무 말이나) 시킨 게 아니었을까?

　아무튼 이렇게 '화요일의 남자'로 거듭나고 있을 때쯤, 사무실에 한 남자가 찾아온다. 스포츠 작가로 오랫동안 우리와 같이 일했던 김작가님. 마침 큰정PD님과는 사회인 야구도 같이 했었기에(여전히 잠재적 은퇴 중), 마침 화요일이라 인사나 하고 가라고 제안했다. 그리고 김작가님은 제안을 덥석 받아버렸다. 그 발걸음이 "돈가스 사줄게 엄마랑 어디 좀 가자"라고 말하며 치과로 끌고 가던 엄마의 손길인지도 모른 채로….

　마침(?) 김작가님의 응원팀 SK가 연패를 거듭하고 있었다. "이번 주에 할 말 많을 테니 풀고 가"라는 말이 1주가 되고, 2주가 되고… 어느새 그는 매주 KBS에 출석하고 있었다. 그렇게 자연스럽게 3인 체제가 정착한 후, 의견이 나왔다. "그래도 이런 장르에선 롯데 팬이 있어야 한다!". 마침 (사실 어디서 뭐 하고 있는지 잘 몰랐던) 강편이 눈에 들어왔다. 그렇게 '일단 KBS로 와봐'

라고만 꼬셔서 또 한 명의 돈가스 피해자가 늘어났다. 아아, 가련한 자들이여….

사실 패널을 구성하면서 제일 먼저 생각했던 점은 '다양성'이다. PD, 작가 등 방송계 종사자들로만 하면 너무 다양성이 떨어지는데? 라는 생각에 강편을 영입한 것이다. 또 한 가지는 사람들의 캐릭터. 기본적으로 말이 많고 텐션이 높은 우리 셋 사이에 텐션이 잔잔하고 나름 달콤한 목소리(?)를 장착한 강편이 있으면 밸런스가 맞지 않을까, 하는 생각이 있었다. 다행히 기대대로 초반부터 강편의 ASMR과 김작가님의 필리버스터가 팟캐스트에 활력을 더해주면서 조금씩 순항할 수 있었다고 생각한다.

그렇게 무난하게(돈가스 피해자들의 의견은 무시하자) 순항하던 〈야구잡썰〉에 또 하나의 변수가 찾아온다. 당시 디지털 제작 파트에 있던 내게, 부서 부장님이 제안을 하나 하신 것. '〈야구잡썰〉을 유튜브로도 해보면 어떠냐?' 사실 이렇게 된 과정 속엔 사연이 있다. 부장님과 점심 약속을 잡았는데 알고 보니 월요일이었다. "부장님 사실 제가 오늘 약속…은 아니고 녹화가 있어서 점심 먹기 어려울 것 같습니다" 민폐 중의 민폐인 당일 약속

펑크. 은근 분노하신 부장님은(사실 기본 말투가 강해서 그런 것일 수도) "아니 니가 대체 무슨 녹화를 하는데?"라고 물어보셨고, 너무나 부끄럽지만 〈야구잡썰〉 팟캐스트를 알려드렸다. 다행(인지 불행인지 모르겠지만)히도 야구팬이었던 부장님은 팟캐스트를 재밌게 들으셨고, 오히려 유튜브로 무대를 넓혀보는 게 어떻겠냐는 제안을 던지셨다. 이런 옹졸한 영상을 KBS 스포츠 유튜브에 올려도 좋겠냐고 여쭤보자 흔쾌히 허락해 주셨다. 아마 지금쯤은 후회하고 계실지도 모르겠다. 하지만 어쩔 것인가. 다 팔자인 것을….

그렇게 처음 업로드된 날짜 2021년 5월 10일. 당시 영상을 보면 정말 옹졸하기 그지없다(물론 지금도 그렇지만). 따로 스튜디오 세트랄 것도 없는 맨땅에 테이블 네 개 깔고 시작한 방송. 그러다가 조금씩 나아지기 시작했다. '뒤에 판넬을 깔면 어떨까?', '주간 성적을 앞에 써놓으면 어때?', '테이블 배치를 조금 붙여놔야 잘 보일 거 같은데?' 방송하면서 느끼는 철칙 중 하나는 '몸에 좋은 말이 귀에 쓰다'라는 사실이다. 당장은 귀찮기도 하고 내 의견을 침해하는 것 같아 서운할 때도 있지만, 돌이켜 보면 언제나 다른 사람들의 의견을 적극 수용한 후의 결과가 좋았다.

그렇게 조금씩 포맷이 잡혀가고 있을 무렵 또 한 번의 변곡점이 찾아왔다.

사실 〈야구잡썰〉 초반부를 보면 자막이 많지 않다. 약간의 스탯들과(그때나 지금이나 숫자 실수는 여전하다) 웃음 포인트 자막들이 전부. 혼자 편집도 하고 자막도 넣어야 하니 시간상의 어려움이 있었다. 그런데 사실 이런 콘텐츠들이 흥하려면 '2차 가공'이 필수적이다. 2차 가공이란, 영상의 일부분이 캡처되어 커뮤니티 등에서 돌아다니는 경우를 말한다. 그래야 입소문도 나고 신규 유입되는 구독자들이 늘어나기 때문이다. 그런데 영상을 스틸 이미지로 재가공하기 위해선 소위 말하는 '말 자막'이 필수다. 패널들의 멘트에 자막이 달려 있어야 직관적으로 보고 흥미를 느끼기 때문이다.

그런 이유로 8월 23일 자 영상부터 멘트에 말 자막을 넣기 시작했다. 그리고 절망했다. 편집 시간은 두 배로 늘었는데, 조회 수는 오히려 낮아졌다. '굳이 이렇게 해야 하나?' 회의감이 들어 동기에게 자문을 구했다. '이런 스타일로 편집을 바꿨는데 맞는 걸까?' 답변은 명쾌했다. "맞는지 아닌지는 모르겠는데 이전보다 훨씬 보기는 편하다. 그리고 유튜브 조회 수는 원래 변수가 너무 많으니 신경 쓰지 말고 네가 옳다고 믿는 방향대로 가라."

어쩌면 내가 듣고 싶었던 대답이었는지 모른다. 내 영상과 편집에 스스로 자신이 없었기에 나온 흔들림. 내가 재미있고 자신 있어야 사람들도 봐준다는 사실을 잊고 있었다. 그렇게 꾸준히 말 자막 넣으며 편집 방향을 고수하자, 반향이 일기 시작했다. 기대대로 말 자막이 달린 캡처본들이 커뮤니티에 유통되기 시작했다. 그렇게 조금씩 조회 수가 올라가고, 결국 꿈만 같았던 '10만 조회 수'도 달성해 보았다. 그동안의 고민과 고생이 헛되지 않았음을 보답받는 너무나 보람찬 순간이었다.

그러나 이러한 보람과는 별개로, 내 삶의 질은 갈수록 하락하고 있었다. 본격적으로 댓글 편까지 편집하기 시작한 이후의 타임라인은 다음과 같다. 월요일 녹화 → 월요일 밤까지 편집(밤 9시쯤 유통) → 끝나자마자 바로 본편 2편 편집 시작(월요일 자정쯤 퇴근) → 화요일 2편 유통 후 댓글 편 편집 시작(화, 수요일 10시 퇴근) → 수, 목요일 댓글 편 유통. 5일 중 3일이 밤늦게까지 야근인 삶. 편집자를 갈아 넣는 영상이 오래갈 수 없는 법. 뭔가 해결책이 필요했다. 또 한 명의 돈가스 피해자를 만들 타이밍이었다.

이때 눈에 들어온 또 한 명의 돈가스 피해자 노PD. 평소 〈야구잡썰〉을 재미있게 보고 있었다면서 이런저런 제안을 던지곤 했다. 이에 2022년부터는 본격적으로 한 편씩 나눠서 편집하자고 제안했다. 내가 살기 위해서였다. 2022년은 특히 베이징 올림픽, 항저우 아시안게임 등 굵직한 국제 대회가 많았기에 다른 편집자 없인 꾸려나갈 수 없는 상황이었다. 그렇게 노PD가 2편을 맡아주면서 숨통이 트이고, 연애도 하고, 결혼도 하고 (아 숨통이 트인 게 맞나…).

그런데 노PD 편집을 나눠 맡으면서 새로운 시너지가 나기 시작했다. 기존 내 편집은 내용들을 그대로 유지하면서 말 자막+개그 포인트를 추가하는 정도였다면, 그는 패널들의 캐릭터를 만들기 시작했다. 필리버스터 김작가님, 10시 10분 눈썹 큰 정PD님 등 기존에도 캐릭터가 없는 것은 아니었지만, 편집을 통해 이런 부분들에 조금 더 힘을 주자 구독자들의 반향이 일어났다. 소위 말하는 팬덤이 이때부터 형성되기 시작했다.

　　그렇게 자리도 잡고, 팬들도 생기자 새로운 생각이 또 들었다. '채널을 독립하면 어떨까?' 많은 팬들의 요구사항이기도 했고, 나 역시도 채널 독립이 KBS 스포츠 유튜브에 어떤 영향을 미칠지 궁금하기도 했다. 일단 새 채널에 구독자가 생긴다면 전체 파이로 봐서 구독자가 증가하는 것이니 나쁠 게 없다는 판단이었다. 기존 구독자가 얼마나 이탈하느냐가 변수가 되겠지만, '시도하지 않고는 얻을 것도 없다'라는 마음으로 채널 독립을 단행했다.

　　결론적으로 채널 독립은 실패라고 생각한다. 수치상으론 단기간에 몇만 명의 구독자를 유치하고 기존 구독자들 이탈도 거의 없었으니 성공적이지만, 콘텐츠적인 아쉬움이 남는다. 채널을 독립했으니 뭔가 새로운 콘텐츠가 나왔어야 하는데, 패널들이 모두 현업이 있는 사람들이라 플러스알파를 끌어내기 어려운 부분이 있었다. 만약 KBS 스포츠에서 좀 더 몸집을 키운 후 독립했다면 어땠을까 하는 아쉬움은 있지만, 그럼에도 '섣부른 독립은 황금알 낳는 거위 배 가르기'라는 결론은 얻었으니 나름의 성과가 아닐까.

　　그래도 독립을 통해 거둔 뚜렷한 성과가 있다면 PPL이 아닐까 한다. KBS 스포츠 소속 유튜브 프로그램 중에서는 처음으로 론칭 이후에 PPL을 유치한 것으로 알고 있다. 감사하게도 광고 담당자께서 〈야구잡썰〉을 어여삐 여겨주셔서 열심히 뛰어주신 덕분에 다양한 PPL을 유치할 수 있었다(사실 알고 보니 학교 후배였다. 역시 대한민국은…).

　작다면 작고 크다면 큰 이 자리까지 〈야구잡썰〉이 오는 게 순탄하지만은 않았다. '네가 뭔데 구단을 평가하냐', 'KIA 야구 제대로 안 보는 거 같은데 팬 맞냐'는 등 1,000개가 넘는 악플에 시달린 날도 있었고, 패널들 역시 번아웃을 호소한 시간이 정말 많았다. 패널들이 힘들어할 때마다 이걸 계속 끌고 가는 게 맞는 것일까 같은 회의감도 많이 들었다. 그렇기에 중간중간 그만두고 싶었던 순간도 있었고, 본의 아니게 상처를 드린 분들도 있을 수 있겠다. 그럼에도 불구하고 변치 않는 한 가지 깨달음이 있다. 무엇이든 일단 해봐야 한다는 것. 만약 팟캐스트 때 '화요일의 남자'가 되지 않았다면, 김작님과 강편을 영입하지 않았다면, 유튜브를 시작하지 않았다면… 순간순간마다 '일단 해보자'라는 마음이 있었기에 지금의 〈야구잡썰〉이 있다고 생각한다. 앞으로도 〈야구잡썰〉뿐 아니라 일, 그리고 인생에서 수많은 난관과 고민이 닥쳐오겠지만, '일단 해보자'라는 마음가짐이라면 어떻게든 해결되고 풀릴 것이라 생각한다.

8편
야구선수의 팬서비스

'프로'란 무엇인가. 쉽게 말하자면 돈을 받고 해당 업무를 하는 사람이 프로다. 다시 말해 '프로' 야구선수란, 야구만 하면 돈도 벌고 기타 삶을 영위할 수 있는 사람이다. 좀 더 확장해 보자면, '야구만 할 수 있도록' 물질적 지원을 아끼지 않는 주체가 있어야 유지될 수 있는 것이 프로 스포츠다. 흔히 말하는 모기업, 구단주, 스폰서가 있어야 한다.

하지만 단순히 티켓 수익, 굿즈 판매만으로는 아직 대한민국 스포츠 생태계에서 절대 이득을 볼 수 없다. 타국과는 달리

대한민국의 프로 스포츠는 독자적인 수익구조가 나기 아직 어려운 상태다. 결국 모기업이 막대한 돈을 투자해야 하는 구조. 그렇다면 철저하게 이익 추구가 본질인 기업들이 왜 앞다투어 (물론 요즘은 조금 시들해진 경향이 있다) 프로 스포츠를 유치하는 것일까? 해답은 광고 효과에 있다. 모기업의 이미지 개선. 그리고 이 이미지 개선과 긍정적 이미지 구축을 바탕으로 한 신규 시장 창출이 모기업이 프로 스포츠단을 통해 노리는 효과이다.

그런데 대기업들이 이 효과를 통해 노리는 것은 별다른 게 아니다. 바로 기업의 존재 이유인 '이익 추구'. 그렇다면 누구를 통해 이익을 추구할까? 바로 스포츠를 향유하는 팬들이다. 모기업들이 돈을 쓰는 이유는 바로 팬들에게 새로운 시장을 창출하거나 기존 시장을 유지하기 위함이다. 쉽게 말해 팬들이 있어야 대기업이 프로 스포츠단을 유치하는 이유가 있다.

그런데도 '연봉은 팬이 주는 게 아니라 모기업이 준다'라고 믿는 사람들이 있다. 이전에 한 은퇴 선수가 이와 비슷한 발언을 해서 논란이 된 적이 있다. 참으로 안타까운 프로 스포츠 시장에 대한 이해도가 아닐 수 없다. 팬들이 직접적으로 돈을 주진 않지만, 모기업이 단순히 야구가 좋아서 선수들에게 월급을

지급한다고 생각하는 걸까?

　　이러한 프로 스포츠 시장에 대한 이해도가 있어야 팬서비스의 중요성을 실감할 수 있다. 이런 이유로 나는 자꾸만 선수들에게 팬서비스를 강조하게 된다. 아무리 훌륭한 실력을 지녔어도 팬서비스가 나쁘면 괜히 응원하기 싫어지고, 반대로 실력이 조금 부족하더라도 팬서비스가 훌륭하다면 이 선수가 노력해서 꼭 성공하길 바라게 된다. 그런데 2024년 시즌을 앞두고 내가 응원하는 KIA 타이거즈에서 팬서비스와 관련해 안 좋은 이슈가 들려왔다. 팬들이 중심이 되어야 할 팬 페스티벌 행사에서 선수들이 팬들의 외모를 두고 부적절한 언행을 했다는 뉴스였다. 사실 비단 KIA뿐 아니라, 프로 스포츠에서 팬서비스는 언제나 논란의 중심이었다. '야구를 잘하는 게 최고의 팬서비스'라는 주장도 있고, 팬서비스는 잘하면서 야구를 못하면 그게 더 화가 나는 일이라고 생각하는 사람도 있다.

　　모두 맞는 말이다. 각자의 의견은 다를 수 있으니까. 하지만 '팬서비스는 어디까지나 부가적인 서비스'라는 주장엔 좀 동의할 수 없다. 앞서 말했듯 프로 선수라면 자신의 소득의 원천인 팬들에 대한 리워드는 어찌 보면 당연한 행동이다. 물론 그 리워드의 형태가 야구일 수도, 팬서비스일 수도 있겠지만, 팬들이 원한다면 무엇이든 할 준비가 되어 있어야 한다고 생각한다. 마치 홈런을 원하는 팬도 있고 도루를 원하는 팬도 있듯이, 형태만 다를 뿐 팬서비스 역시 선수의 중요한 일과임을 기억해 주길 바란다.

9편

국제 대회 체험기

스포츠 PD로 있으면서 가장 영광스러운 순간은 아마도 국제 대회 현장에 갈 때가 아닐까. 수많은 PD가 있지만, 월드컵, 올림픽처럼 전 국민이 환호하고 전 세계인이 열광하는 이벤트에 참여하기란 쉬운 일이 아니다. 감사하게도 신입사원 시절부터 꽤 많은 기회를 받아 국제 대회 때마다 다양한 경험을 쌓을 수 있었다.

신입사원 1년 차, 개월 수로 따지면 아직 1년도 되지 않은 햇병아리 시절, 나는 2014년 인천 아시안게임에 파견되었다.

무슨 일을 해야 하는지도 모르던 그 시절, 선배들이 시키는 일을 하기에도 버거웠다. 무엇보다 '내가 지금 제대로 하고 있는지'에 대한 확신이 없어서 힘들었던 시간이다. 야구랑 비슷한 종목이라는 이유로 크리켓 편집을 맡아야 했는데 규칙도 모르고(참고로 길게는 1박 2일씩도 하는 종목이다. 야구랑 비슷하지만 다른 점도 많다), 따로 물어볼 사람도 없는데 당장 방송은 30분 후에 나가야 하는 상황들이 이어졌다. 혹독한 업무량과 고된 시간이 이어지면서 선배들도 점차 예민해졌기에 눈치를 봐야 하는 경우도 많았다. 그럼에도 내가 만든 영상이 방송에 나간다는 성취감. 중간중간 내는 아이디어들을 부족하지만, 어여삐 봐주는 선배들이 있어 버틸 수 있었다.

이후 제작부서로 옮겨 경력을 쌓던 중 리우 올림픽이 열렸다. 당시 나는 디지털 제작 업무를 담당하고 현장에 가게 되었다. 요즘에는 방송사마다 당연히 디지털 요원들을 보내곤 하지만, 당시로서는(유튜브도 없던 시절이다) '방송할 사람도 없는데 무슨 디지털?'이라는 시선이 대다수였다. '저 녀석 뭘 얼마나 잘하나 보자'라는 냉정한 시선이 느껴지기도 했다. 내겐 증명이 필요했다.

　다행히 대회 초반부 정보경 선수를 다룬 영상이 흥했다. 결승전에서 안타깝게 패한 후 경기장을 빠져나가며 엉엉 우는 모습을 단독으로 찍어 올린 영상이었다. 멀리서 줌을 당겨 찍느라 흔들리지 않으려고 카메라를 든 채 숨도 참고 찍을 정도였다. 이후 양궁 대표팀과 최미선 선수를 다룬 영상도 반응이 좋았기에(개인적으로 가장 애정하는 영상인데, 페이스북에만 올려 둔 터라 어디 갔는지 찾을 수가 없다) 그래도 "쟤 현장 가서 뭐 하냐. 돌려보내라"라는 소리는 안 듣겠다 싶었다. 그러다가 일이 터졌다.

　당시 펜싱 결승전에서 대역전극이 일어났다. 박상영 선수가 5점을 연속 득점하며 극적으로 금메달을 따냈다. 동시 득점이 자주 일어나는 에페 종목에서 한 점도 내주지 않고 5점을 득점하기란 사실상 불가능에 가까운데, 그 일이 일어났다. 그런데 당시 쉬는 시간에 박상영 선수가 스스로 '할 수 있다!'를 되뇌는 장면이 있었다. 중계방송에서는 순간적으로 지나간 장면이었기에 내가 이 부분만 편집해서 SNS에 게시했다. 그리고 폭발적인 반응이 일어났다. 자고 일어나니(리우는 한국과 시차가 정반대였다) 편집 요원에게 카톡이 와 있었다. "PD님 대박 났어요!" 나도 되뇌고 싶었다. '할 수 있다, 할 수 있네!'. 선배들이 보는 시선이 달라졌다(라고 혼자 생각한다). 이후에도 최병철 해설위원의 직캠, 진종오 선수의 금메달 직후 인터뷰, 이용대 선수의 패배 후 기자회견 등을 운 좋게 밀착 취재할 수 있었다.

이후 2018년 평창 동계올림픽, 러시아 월드컵도 현장에서 함께하며 소중한 기억을 쌓을 수 있었다. 그리고 도쿄올림픽에서는 양궁 경기 국제신호를 담당하게 되었다. 국제신호란 전 세계 모든 방송사가 보는 표준 규격의 경기 영상을 제작하는 업무다. 전 세계가 우리가 만든 영상을 본다는 말인즉, 우리가 조금만 실수하더라도 전 세계로 우리의 실수가 송출되는 막대한 부담감이라는 뜻이기도 하다. 다행히 좋은 선배와 동료들을 만나 즐거운 추억을 남길 수 있었다. 마침 도쿄올림픽에서 우리나라 양궁 대표팀이 너무나 좋은 성적을 내주었기에 신나게 일할 수도 있었다. 경기장에 애국가가 울려 퍼지는 장면을 전 세계로 송출할 때의 쾌감이란!

사실 국제신호에 참여한 적은 예전에도 있었다. 평창 패럴림픽 때 국제 코디네이터로 참가했다. 코디네이터란 말은 거창

하지만, 실은 심부름꾼에 가깝다고 볼 수 있다. 기술 파트, 카메라 파트, 제작 파트, 그리고 해외에서 온 주관방송사(OBS라고 부른다) 제작진 등 다양한 직군 간의 의사소통을 조율하는 업무였다. OBS가 기술 감독님에게 의견을 주면 전달하고, 카메라 감독님이 의견을 주면 OBS에 전달하고 등등…. 하루에 2만 보 가까이씩 걸었던 것 같다.

이후 국제 파트로 옮기면서 2022년 카타르 월드컵 때에는 본격적인 코디네이팅 업무를 담당했다. 개인적으로는 가장 힘든 시간이었다. 제작엔 참여하지 않지만, 기획부터 시설 신청, 제작 방식 구성 등 다양한 청약을 담당하기에 괜히 성적이 잘 나오지 않으면 내 잘못인 것만 같다는 자책감이 많이 들었다. 특히 타사에서는 성공한 청약을 내가 실패했을 때의 자괴감이 참 힘들었다. 하지만 이 또한 스포츠 PD가 가져야 할 중요한 책무이기에 지금은 잘 적응하려고 노력하고 있다. 이제 다가올 파리올림픽에서도 아마 수많은 일이 찾아올 텐데, 그래도 한 번 경험해 본 적이 있으니 조금 덜 상처받고 할 수 있지 않을까.

사실 아무리 스포츠 PD라고 해도 현장 중계 제작, 디지털 제작, 국제신호 제작 등 다양한 업무를 모두 경험하기란 쉬운 일이 아니다. 운이 좋게도 10년 남짓한 짧은 시간 동안 다양한 경험을 쌓을 수 있어서 참 감사하게 생각한다. 다만 한 가지 아쉬운 점은 방송업계가 만성적인 적자난에 시달리다 보니 치솟는 중계권료와 예산 삭감에 대한 압박 때문에 이전처럼 많은 현장 경험을 쌓기 어렵다는 점이다. 물론 시류를 잘 파악하여 상황에 맞게 적응하는 노력도 필요하지만, 예전처럼 다양한 분야에서 많은 경험을 쌓는 것이 오히려 새로운 시대에 대비하는 감각을 키울 수 있지 않겠느냐는 생각도 든다. 가장 어두울 때는 해뜨기 직전이라는 말이 있다. 어쩌면 앞으로 더 많은 국제 대회가 우리에게 주어질지도 모른다. 다양한 국제 대회에 나뿐 아니라 많은 스포츠 PD들이 참가하며 능력과 경험을 쌓을 기회가 늘어났으면 좋겠다.

응원의 말

〈야구잡썰〉을 만나고
나의 성공시대 시작됐다

　　나는 늘 야구 좋아하는 친구들과 일상적으로 야구 이야기를 나누는 삶을 꿈꿔 왔다. 〈야구잡썰〉에 댓글을 쓰는 몇몇 분처럼 축복 속에 자라난 모태 야구팬이었다면 참 좋았을 텐데, 나의 삶은 그러지 못했다. 스포츠에 관심 없는 어머니와 야구팬이었던 과거를 숨기고 살던 아버지는 나에게 야구를 가르치지 않았다. 광역 연고 팀이 없는 경기도(몇 년도인지는 비밀인데, 아무튼 그땐 팀이 없었다)의 한 위성도시에서 태어나서 자랐기에 주변 친구들은 제각기 다른 팀을 응원했다. 응원 팀을 결정하는 것부터가 정체성의 혼란을 겪어야 하는 일이었다. 왜, 어쩌다 야구팬의 길로 접어든 건지 분명하지 않다. 뭐가 어떻게 잘못된 건지….어쩌다 보니 스타크래프트와 축구가 친구들의 메이저 취미이던 시절에 '은둔 야빠'로서 시간을 보냈다.

대학 시절에 몇몇 야구팬 친구들을 만났지만, 깊은 견해차를 좁히지 못하고 갈라서기도 했다(그래도 그땐 당당히 야구팬임을 자처할 수 있었으니 어쩌면 그 시기가 야구의 황금기가 아니었을까 하는 생각이 든다. 당시에는 야구팬의 이미지가 썩 나쁘지 않았다). 이십 대 중반, 야구라는 스포츠에 큰 관심이 없으며, 스포츠 중계의 들뜬 톤을 너무나도 듣기 싫어하는 구 여친(현 배우자)을 만났다. 그와의 만남 이후로 야구팬의 정체성을 숨겨 오고 있다(아마 그는 내가 숨기고 산다고 여기지 않겠지만, 실은 얼마나 자제하고 있는데!). 모든 야구팬이 비슷할 것이다. 집에서도, 밖에서 친구들을 만날 때도 경기를 볼 때마다 화를 내게 되는 그 기질을 숨긴다. 아무래도 이 울분을 드러내 놓고 살기에는 사회생활이 어렵다. 그럼 화를 내지 않으면 될 텐데…. 야구를 보고 화를 내지 않기가 쉬울지, 야구를 아예 보지 않기가 쉬울지 그 또한 판단하기 어렵다.

〈야구잡썰〉을 처음 만났을 때의 반가움을 잊을 수가 없다.

육아휴직으로 조각난 시각만이 주어지던 시절이었다. 직관은커녕 야구 중계 귀동냥이나 하이라이트 관람이 전부이던 시절, 야구 얘기를 좀 하면서 열을 내고 싶었다. 제대로! 화도 내고 싶었다. 그래서 모두가 잠든 후에, 야구 이야기를 하는 유튜브 채널을 찾아다니며 떠들고 싶은 욕구를 조금이나마 가라앉히곤 했다. 그러다 정말, 이상한, 영상을 만났다. 이상한 아저씨들이 나와서 야구 이야기를 하는데… 순간 내 뇌리에 떠오른 단어. 그것은 '다르다!'였다. 그것은 스티브 잡스의 '다른 생각'과 필적할 '다름'이었다! '뉴 미디어'가 거기 있었다.

　돌이켜보면 당시에 나는 선수들, 감독들에게도 나름의 사정이 있다고 설명하는 스포츠 기자와 야구인들의 이야기에 왠지 모를 거리감을 느끼고 있었던 것 같다. 내가 듣고 싶은 얘긴 그게 아니었다. 그런 나에게 '선수·감독들 사정은 내 알 바가 아니다!'라며 목에 핏대를 세우는 아저씨들은 정말 차원이 달랐다. 이토록 가슴에 날아와 꽂히는 메시지라니! 아, 문득 기시감이 들었다. 나는 이런 사람들을 전에도 본 적이 있다. 2000년대 초반 잠실 야구장에 오후 4시 30분경부터 모여들어, 109블록에 앉아서 나 같은 어린아이들에게 땅콩이나 마른안주를 나누어주며 지난 경기 이야기를 풀어놓던 이들이었다. 깨달았다. '그래, 나도 친구가 있었구나!' 드디어 십수 년 만에 랜선 건너로 친구들을 다시 만난 것이다.

〈야구잡썰〉이라는 플랫폼을 함께 향유하는 사람들이 있다는 것은 또 하나의 고양감을 준다. 랜선 너머 어딘가에 5만여 명의 야구 친구가 있다는 사실이 마음을 따뜻하게 만든다. 비슷하게들 웃고, 소리 지르고, 화내고, 우는 사람들…. '야구팬'은 '야구 팬'으로 띄어 쓰지 않고 붙여 쓴다. '야구-팬'이라는 단어가 표준국어대사전에 표제어로 등록되어 있기 때문이다. 단순히 '야구'를 즐기는 '팬'이라는 의미 이외에 뭔가 더 폭넓고 고유한 의미가 있다는 이야기다('축구팬', '농구팬', '골프팬'은 사전에 없다. '프라이팬'은 있다). 이는 야구팬에겐 '뭔가 다른 것'이 있다는 뜻이다. 국립국어원마저도 이를 공언해 주고 있는 것이 아닐까?

야구팬에 덧씌워진 부정적인 이미지 때문에 많은 야구팬이 나와 비슷하게 마치 베드로처럼 '닭이 울기 전에 세 번 부인'하며 일상의 그늘에 숨어 지내 왔는지도 모르겠다. 그러나 세상의 모든 야구팬이여! 당신은 혼자가 아니다. 부끄러워하지 말고 〈야구잡썰〉로 오라! 여기 우리의 친구가 있다! 이곳에서는 당신이 무슨 말을 해도 '삐빅, 정상입니다'라며 당신의 정체성을 안아 줄 것이다.

곧 야구 시즌이 시작된다. 이 아저씨들도 새 시즌을 앞두고 조금 신난 것 같다. 지난해 시즌 막판, 순위 경쟁이 극단으로 치달을 때는 한 경기만 지고 와도 울고불고 야단을 피우더니, 야구를 끊느니, 〈야구잡썰〉을 종영하느니 엄포를 놓더니, 개막이 가까워지니까 슬슬 야구 얘기에 시동을 건다. 작년에 언제 팀을 비판했냐는 듯이 올해는 또 다르다며 희망에 차 있는 것 같다. 거기에 책까지 낸다고 하니 좀 들떠 보이기도 한다. 그러나 모든 야구팬의 금기인 설레발을 우리 아저씨들도 좀 자제해야 할 것 같다. 아저씨들의 흐름이 눈앞에 그려진다. 익히 반복되어 온 패턴이다. 시즌 초에는 연패해도 곧잘 웃기도 할 것이다. 그러다가 날이 더워질수록 점점 화를 내기 시작할 것이다. 좌절할 것이다. 눈물을 흘릴 것이다. 줄곧 화만 내다가 정작 시즌이 끝나고 나면, '어? 나 야구 보고 싶네?' 하고 말할 것이다. 역시 시즌 내내 욕하다가 타운홀 미팅(NC 다이노스의 연말 팬미팅 행사)에 찾아가서 환호성을 지르는 우리네 평범한 야구팬과 다를 바가 없다.

이런 친구를 사귀게 되어서 좋다. 내 인생을 함께할 친구. 자꾸 '언제 죽을지 모르니 만나자'라고 불러내지만, 늘 그 자리에 있을 것 같은 친구. 매일 새로운 경기를, 매년 새로운 시즌을 약속하는 야구처럼 늘 그 자리에 있는 친구. 이 친구가 책을 낸다니, 활자로 영원히 남는다니 더 좋다(정작 나도 아직 책을 못 읽어 봐서, 이 아저씨들이 뭐라고 써 놨을지 걱정도 된다. 또 방망이가 먼저네, 투수가 먼저네 하고 싸우고 있는 거 아냐…? 요즘 자꾸 수비가 먼저라면서 작정 피디님도 끼어들던데… 애들 싸움에 참전할 게 아니라 그냥 초심으로 돌아가서 점심 메뉴를 골라야 한다고 생각한다).

자, 다시 야구 시즌이 시작하고 〈야구잡썰〉이 시작한다. 올해엔 책도 나온다. 콘텐츠에도 이것저것 많은 시도를 한다고 한다. 우리의 심장이 뛰기 시작한다. 모두가 일어나 소리칠 시간이 왔다!

우용요코사마, 김우용 PD

야구잡썰

1판 1쇄 인쇄 2024년 3월 14일
1판 1쇄 발행 2024년 4월 1일

지은이 강해인, 김형민, 정현재, 정현호

발행인 양원석
책임편집 이수빈
디자인 최승원, 김미선
영업마케팅 양정길, 윤송, 김지현, 정다은, 유민경

펴낸 곳 ㈜알에이치코리아
주소 서울시 금천구 가산디지털2로 53, 20층 (가산동, 한라시그마밸리)
편집문의 02-6443-8867   **도서문의** 02-6443-8800
홈페이지 http://rhk.co.kr
등록 2004년 1월 15일 제2-3726호

ISBN 978-89-255-7518-6 (03810)